Michael & Azazel
「暗闇の封印－邂逅の章－」

暗闇の封印—邂逅の章—

吉原理恵子

キャラ文庫

この作品はフィクションです。
実在の人物・団体・事件などにはいっさい関係ありません。

目次

天使の階級

【天上界（七つの天）】

第七天《アラボト》

第六天《ゼブル》

第五天《マホン》

第四天《マハノン》

第三天《サグン》

第二天《ラキア》

第一天《シャマイム》

下界

第一大地《エレス》

第二大地《アダマ》

第三大地《ハラバ》

第四大地《シャ》

第五大地《ヤバシャ》

第六大地《アルクァ》

第七大地《テベル》

【天地界（七つの大地）】

神

上級三隊

熾天使《セラフィム》

智天使《ケルビム》

座天使《トロウンズ》

中級三隊

主天使《ドミニオンズ》

力天使《ヴァーチューズ》

能天使《パワーズ》

下級四隊

権天使《プリンシパリティーズ》

大天使《アークエンジェルズ》

天使《エンジェルズ》

神の子《グリゴリ》

熾天使《セラフィム》相関図

熾天使を支配する四大君主

ケムエル
北の座の大君主

ナタナエル
南の座の大君主

天上界の七天を支配する統轄者

サンダルフォン
第五天〈マホン〉の統轄者

ゼブル・サバス
第六天〈ゼブル〉の統轄者

アナエル
第三天〈サグン〉の統轄者

カシエル
第七天〈アラボト〉の統轄者

真理の天使
ガブリエル
西の座の大君主。智天使の支配者。第一天〈シャマイム〉の統轄者

天使長
ルシファー
東の座の大君主

義の天使
ウリエル
天上界の“神の炎”。タルタロス〈地獄〉の支配者

神の闘士
ミカエル
力天使・大天使の支配者。第四天〈マハノン〉の統轄者

神の思惟を具現する八代君主

復活の天使
レミエル
天上界の“神の慈悲”。真の幻視を統轄する

太陽の天使
ラファエル
座天使の支配者。第二天〈ラキア〉の統轄者

大地の天使
ラグエル
天使の善行を監視する

死の天使
サリエル
天上界の“神の命令”。霊の君主

口絵・本文イラスト／笠井あゆみ

我が神よ、
——我が神よ。
何故《なにゆえ》に我を棄《す》てたもう。
叫んでも叫んでも、
祈りは届かず沈黙のみ。
日も夜も込めての祈りは顧みられず。
……主よ。
見棄てたもうな我が受難のときに。
来たりたまえ。
——孤独な我に……。

（詩篇二十二）

✝ プロローグ ✝

見上げても果てのない蒼穹《そうきゅう》であった。
流れゆく雲の薄く淡い様は、全知全能たる『神』が漏《も》らす吐息のようでもある。
万物は大いなる『神』の霊光《みひかり》の下に憩い、歓喜の産声を上げる。
鮮やかに。
華やかに。
そして、艶《あで》やかに。
静かなる時間《とき》の流れは、あまねく照らし出す。七つの天と、七つの大地を。
速すぎず。
——留まらず。
『運命』の翼が、光と陰《かげ》を綾《あや》なすように。
十重《とえ》の昏黒《こんこく》。
二十重《はたえ》の光華。

神扉《しんぴ》は開かれる。ゆうるり……と。

馥郁《ふくいく》たる風は無垢《むく》なる魂魄《こんぱく》をいざない、やがて微睡《まどろ》む大地に溶けていく。

永遠《とわ》の希望。

久遠《くおん》の至福。

咲き競う花冠は具現する。

豊穣の喜びと。散りゆく潔さ。そして、来たるべき生命の結実を。

廻《めぐ》る。

――巡《めぐ》る。

生命《いのち》の輪は廻る。

悠久の時間《とき》を。

すべからく『神』の名の下に。


そんな、いつもと変わらない穏やかな天上界の風景であった。

天の御使《みつか》えたちは其処此処《そここ こ》で翼を休め、マナ酒で喉《のど》を潤す手を止めては熾天使《セラフィム》が織りなす厳《おごそ》かな詠歌《しいか》に酔いしれている。

十弦の琴《きん》を自在に奏でる智天使《ケルビム》の指はたとえようもなくしなやかで、その音色は誰をも魅了せずにはおかない。

『神』の御心を賛美する座天使《トロウンズ》の美声は清らかで、どこまでも耳に優しい。

貴《あて》やかで、煌《きら》びやかな――安息日《サバス》。

皆が皆、麗しい錦繍《きんしゅう》の音色にうっとりと聴き入り、翳《かげ》りのない賛美歌《トリスアギオン》に身も心も委《ゆだ》ねることに一筋の疑問も持ってはいなかった。

ただ一人。『神』の御前《みまえ》にもっとも近い天上界第一位の官位を持つ者――『神の闘士』と称えられたミカエルを除いては。

† ミカエル †

集いの日。

天上界にあまねく賛美歌が鳴り響く中、濃蜜色《ダーク・ブロンド》の長髪を無造作にひとつに束ねたミカエルは、目映《まばゆ》く輝く金色の霊翼をはためかせて天空から大地に降り立った。同時に、思念により発現する霊翼も瞬時に消え失せた。

ここは、かつて『喜悦の園』と呼ばれた神域であった。唯一の棲人《すみびと》であった男《イッシュ》と女《イッシャ》が創造主の逆鱗《げきりん》に触れて下界へ追放されてからは、無人の失楽園と成り果てた。『神』の恩寵《おんちょう》を失った今となっては調和も規律も統制もなく、植物が好き勝手に繁茂する密林もどきになっていた。

しばし、歩いて。ミカエルは足を止めた。

(今は棲む者もない喪《うしな》われた楽園か)

ぐるりと視線を巡らせても、視界には色彩豊かな樹林しか映らない。

(まぁ、集いの日に身を潜めるには絶好の場所ではあるがな)

間違いなく。見棄てられた楽園など、誰も注視はしない。

目の前の樹に手を伸ばし、たわわに実った果実を無造作にちぎる。

「いと高き神《エル・シャッダイ》……か。笑わせる」

嘯《うそぶ》くようにひとりごちて、ミカエルは熟れた果実をひと口嚙《かじ》った。

口いっぱいに広がる果汁の瑞々しさも、香ばしさも、ほどよい甘さも、今はただ味気ない。

己の半身《シャヘル》であるルシファーがその身を喘《あえ》がせて生み出すあの蕩《とろ》けるような聖蜜の味に比べれば、神酒《ネクタル》さえもただの水にすぎなかった。

時間は刻々と過ぎ去っても、両の腕はまだルシファーの四肢の震えを覚えている。鮮明に焼き付いている。

重ねた唇の、しっとりとした柔らかさ。指に吸いつくような肌理《きめ》の細やかな肌の手触り。身体《からだ》を芯《しん》から焦がすようなルシファーの甘い掠《かす》れ声。

愛《め》でて、触れて、感じて——満たされる至福。それは五感のすべてに刻み込まれている。

ルシファーの最奥を穿《うが》ってひとつに溶けていくあの痺《しび》れるような灼熱《しゃくねつ》感ですら、いまだ身体の節々にこびりついたままだ。

なのに。我が身の半身であるルシファーは喪われてしまった。我が手の中から一瞬にして消え去った。

（ルシファーは……いない）

まるで何事もなかったかのように『影の館《シャヘル》』が再建されても、ミカエルの時間はあの瞬間から止まったままだ。いや……凍りついたまま解けない。永久凍土の中にひとり取り残されて、途方に暮れている。

不様すぎて笑えない。そんな自分が惨《みじ》めすぎて、自嘲《じちょう》する気にもなれなかった。

細胞のひとつひとつにまで染み入るルシファーの精気が、声が、その温もりがたまらなく恋しくて身も心も渇ききっていた。

なんの前ぶれもなく、ある日突然、掌中《しょうちゅう》の至宝をもぎ取られた――慟哭《どうこく》。あまりに理不尽な『神』の仕打ちに昂り上がった血が灼《や》けつくような憤怒が去っても、飢渇感は深まりこそすれ埋まることはなかった。

喪失感が大きすぎて、その分、現実感が薄れていく。視界からポッリ、ポッリと色が抜け落ちていく虚脱感。

気力。

威力。

胆力。

天上界随一の剛の者には欠かせない精神力すらもがじわじわと蝕《むしば》まれて翳りが出る。

耳に優しくまつろう熾天使《セラフィム》たちの賛美歌も今となっては虚しく響くだけで、精神が高揚するどころか魂までもが歪《いびつ》にねじ曲がっていくのだった。

わかっていても、どうしようもない。

嘆いているのではない。何もかもがただ虚しいだけだった。

――と、そのとき。上空から飛翔音がした。

「ん?」

思わず上空を見上げ。

(あれは……ガブリエルか?)

見慣れた翡翠《ひすい》色の光輪がぐんぐん近付いてくる。ミカエルはわずかに舌打ちを漏らした。

「ミカエル」

耳慣れた声に呼びかけられても、ミカエルはチラリと視線を投げかけただけで身じろぎもしない。

「賛美の集いの日だというのに、こんなところで何をしている」

西の座の大君主であるガブリエルは眉宇《びう》をひそめる。

「見ての通り『神』が慈しんだ大地の御恵みを食っている」

ミカエルの口調は物憂げというよりはむしろ、おざなりだった。

ささめく不安にヒヤリと背を舐《な》められたような気がして。

「集いの輪にも入らず、賛美の歌《トリスアギオン》も口にせずでは、天上界一位の責務が果たせまい?」

天上界では第三位の官位を持つガブリエルの声がしんなりと尖《とが》る。

「今更、忠節面もなかろう?」

ミカエルは冷淡に返す。思わず言葉に詰まるガブリエルであった。

「集いの日とは、純粋に創造主の御心を信じ、賛美するためにあるのだ。私がいては、それこそ和を乱すだけだろうからな」

声をひそめるでなく、ためらいもせず、ミカエルはこともなげに言い放つ。

「それは居直りというのだ」

ガブリエルは苦言を呈する。今更何を言っても同じことだと知りながら、それでも、口にせずにはいられなかった。

「嫉妬《しっと》に駆られてあまたのシャヘルごと館を葬り去った『神』のどこに、御心がある？」

ミカエルの毒口は止まらない。

「真に心のこもらぬ言葉など、所詮まやかしにすぎぬ」

「だから、不用意にそういうことを口にするなと言っているのだ」

ガブリエルの口調も苦り切っている。

「愚痴《ぐち》る相手くらい、選んでいるつもりだが？」

ミカエルは薄い唇の端をわずかに吊《つ》り上げた。

「唯一と決めたシャヘルを喪ったおまえならば、少しは私の心情も汲《く》んでくれるのではないかと思ってな」

とたん。ガブリエルの深く澄んだ翡翠《ジェイド》の双眸《そうぼう》がにわかにかき曇った。

それを言われると、いまだに胸の奥底が疼《うず》きしぶった。自身ではとうに割り切ったつもりでも、理性と感情は別物であることを知らしめるように。それは、ガブリエルにとっては厄介で不快な発露であった。

館の崩壊で身体に馴染《なじ》んだ極上の器《シャヘル》を喪ったのはガブリエルも同じだ。だが、アシタロテにはただのシャヘルにはない付加価値があった。

館では、アシタロテは最古参だった。ミカエルほどあからさまではないが、ガブリエルにも執着があった。何かと言えば、それが君主たちの話題に上るほどには。

身贔屓《みびいき》で言うわけではないが、アシタロテは優秀だった。館が館として機能するには不可欠な管理者の代行人として数多《あまた》のシャヘルを上手く取り仕切っていた。

再建された館には、そのアシタロテがいない。当たり前のことが当たり前ではないと思い知らされて、君主たちは今更ながらにため息を漏らした。そういう意味では、まだ、館は以前のようには落ち着かないというのが実情であった。

ミカエルの語る眼差しと二の句が継げないガブリエルの間で交わされる沈黙は、程度の差こそあれ同じ痛みを引きずる者としての暗黙の了解だったかもしれない。

「あまり無茶なことはしてくれるなよ、ミカエル」

わずかにため息を漏らし、ガブリエルは真摯《しんし》に言葉を紡いだ。

「己の分はわきまえているつもりだ」

こうとも。

ミカエルは声音すら変えない。

「その言葉、しかと聞いたぞ。違《たが》えるなよ？」

ガブリエルは言質《げんち》を取ることしかできなかった。たとえ、不安の根が深々とその胸を抉《えぐ》り貫こうとも。

ミカエルは語る目でガブリエルを見やる。

「では、私はザビアの神殿に戻る」

踵《きびす》を返して瞬時に飛翔するガブリエルの背を見送りながら、ミカエルは断ち切れないルシファーとの絆《きずな》を思い描いて唇を嚙《か》み締めた。

（同時に違ったものを同じように愛することなど、私にはできぬ）

なんの疑問も欲もなく、ただひたすら創造主である『神』に全身全霊を捧げた日々が遠い昔のことのようであった。

揺れ動く想いの一方に重きを置けば、他方は必ず浮き上がる。天上界にただ一人『焔《ほのお》の剣』を持つことを許された『神の闘士』といえども、それは例外ではなかった。

……いや。マナ蜜とトリスアギオンを口にする以外は執着も欲も持たない熾天使の中にあってなお、ミカエルは生来の剛の者であった。

霊力そのものを具現する真紅の光輪《オーラ》が指し示すように、気質は一途で激しい。そんなミカエルであればこそ、心を二分することができなかったのかもしれない。

日々の葛藤《かっとう》は理性を食《は》み、抑えきれない情動は自制心を喰いちぎる。

あの日。天上界の至宝と称えられた天使長ルシファーを、歪《ゆが》んだ激情の赴くままに力ずくでねじ伏せたあのときから『神』への離反が始まったのだ。

唯一無二の創造主への忠誠心よりもルシファーを選び取ったという不敬も負い目も、不思議になかった。ただ……ルシファーへの情愛が負の波動のきっかけになったという自覚だけは揺らがなかった。

それでも。離反はまだ傍目にも見て取れるほどの反目でもなければ、決定的な確執を生んでもいなかった。天使長《ルシファー》を己の従者に堕《お》とすという暴挙はどうでも、結果として、それは天上界に認知されたからである。

それなのに、その危うい一線を『神』が先に引きちぎってしまった。溺愛《できあい》の果ての、嫉妬という醜い狂気で。至高の存在である創造主ですら、そうなのだ。

愛は清濁を併せ持つ諸刃《もろは》の剣《つるぎ》である。迂闊《うかつ》に振り回せば我が身を切り刻むどころか、周囲をも巻き込む殃禍《おうか》となる。それを思い知らされた。

（血肉を抉り裂くようにルシファーを個に封じて下界へ流した『神』の仕打ちに、今更なんの賛美を口ずさめと言うのだッ）

愛に勝る狂気はないと、ミカエルは今更のように自嘲する。もっとも、それを胸に刻みつけて自戒するつもりなどさらさらなかったが。

（もう……遅い）

唯一の枷《かせ》は切れてしまった。その自覚だけは鮮明だった。

いきなり突然ルシファーを喪ってしまったザラつくような飢餓感とは別口で、いまだに鎮まりきれない『神』への痛憤は、ともすれば全身の血管を喰い破って血飛沫《しぶき》を上げそうになる。

故意に抉り取られた館の無惨《むざん》な姿は、何事もなかったかのように修復された今でも脳裏にこびりついて離れない。引きちぎられた魂を抱えて漆黒の闇を見据《みす》えた、あの凍りつくような痛みを決して忘れまい……とミカエルは誓った。でなければ、その場で不様に頽《くずお》れてしまいそうだった。

黒々とうねる時空の河は、無限であっても不変ではない。

無言の音を奏でながら緩やかに。あるいは、荒々しく咆哮《ほうこう》しながら渦を巻いて流れていく。どれほど目を凝らしても見極める術《すべ》のない果てへと。

過去と未来の接点は、一瞬の燦《きら》めきである、その幾千万とも幾億万とも知れぬ時空の狭間のどこかに、ルシファーの魂魄が埋もれている。

時とともに転生を繰り返し、名を変え、姿を移し、己の本質に気づくこともなく気の遠くなるような時間を渡り続けているに違いない。

そこからルシファーの現《うつ》し身を見つけ出すのは、大海の中からひと粒の水泡を捜し出すに等しい。

すべてを諦《あきら》めて絶望することはいともたやすい。楽になれるからだ。

ガブリエルもナタナエルも、あの日、従者を喪った者たちはそうやってけじめをつけて割り切ったのだろう。真に納得できたかどうかはわからないが。

痛みに耐えかねて何もかも投げ捨ててしまえば一時凌《しの》ぎの安楽を得られるかもしれない。だが——それだけだ。

ミカエルは知っている。そのあとに来る虚しさを。どうしようもない痛みを。ルシファーを得るまでの葛藤に神経を磨《す》り減らす日々だったからだ。

たとえ砂漠の中から一粒の金砂を見つけ出す行為が無謀なことだとしても、可能性は皆無ではないのだ。

(だから、まだ、私は希望を捨てないでいられる)

そう……。試してみる価値はある。ミカエルにとってルシファーはそれだけの……いや、それ以上の価値がある存在なのだった。

我が身の半身とは、そういうものである。代えのきかない、唯一無二。

たとえどれほどの時間をかけようが、今のミカエルにとって術があるということはそれだけで救われる思いがした。

やがて。降り注ぐ陽光が時の移ろいを告げるように、ゆうるりと燦めきながら傾き流れ始める。

朗々と響き渡る『神』への賛美に一人背を向け金色の霊翼を発現させせると、ミカエルは瞬く間に輝きの中に溶けていった。

✝✝　カシエル　✝✝

聖神殿『シャザルーン』は、シエラと呼ばれる巨大な九本の御柱が天を支える第七天〈アラボト〉にある。

熾天使《セラフイム》たちが唱える詠歌によって燦めくような香気と力強い霊気を放つ荘厳な神殿であった。

白銀に輝く軍装のミカエルはアークエンジェルズ隊の士官服である黒鎧《よろい》をまとった副官のギリアンとともに、神殿で行われる軍議《円卓会議》に出ていた。

天上界を統轄する大君主は皆が超多忙である。十三人全員が一堂に会するのは壮観だが、どうしても都合がつかずに欠席を余儀なくされることもある。その場合は副官がきっちりと任務を全うするので何も問題はない。

今回は大した事件もなく突発的な災害もないために、軍議は滞りなく進み定例通りに終わった。

天上界は洪大《こうだい》である。軍議にかけるような問題点はなかった——とはいえ、それは、各人が統轄する領域で内々に処理できた事件は含まないということである。

取り立てて可もなく、不可もなし。日々の平穏とは、つまり、いかに自前で問題を素早く処理できるかという手腕を問われることでもある。

天上界の安泰を揺るがすような作為も隠蔽《いんぺい》も許されないが、暗黙の了解《不文律》はある。大君主とは無能とは無縁の激務なのだった。

軍議場を出た回廊で、ミカエルは副官の一人を従えた〈アラボト〉の統轄者――天上界第六位の官位を持つカシエルと出くわした。

「久しいな、ミカエル」

足を止め、カシエルが先に口を開いた。

長身のミカエルとほぼ目線は変わらない美丈夫だった。ラファエルよりも幾分濃い目の白金《プラチナ・》髪《ブロンド》はしなやかに波打っている。双眸は熾天使の中でも珍しい紫水晶《アメジスト》だった。

今回の軍議には参加していなかったが、カシエルも紫紺の軍装だった。長衣《ローブ》の徽章《きしょう》は『剣を銜《くわ》えた翼持つ獅子』である。それは『エル・シャッダイ』を頂くテンプルムの守護任務を意味する。

「テンプルムの警護からようやく解放されたようだな、カシエル」

「あー……。先ほど、ナタナエルに引き継ぎを済ませてきた。これで少しは骨休めができるというものだ」

（……なるほど。だから、ナタナエルも今回の軍議には不参加だったのか）

ミカエルは納得する。

口に出せば。『おまえはもっと周囲に気を配れ』などと、ガブリエルあたりにくどくどと説教じみた苦言を喰らうのは目に見えていたが。

「では、その前に、少しばかり付き合ってもらいたいのだが……構わぬか？」

「今か？」

思いがけないミカエルの申し出に、カシエルはしんなりと眉《まゆ》を寄せた。

「そうだ。おまえに頼みたいことがある」

今、唐突に思いついたわけではない。ミカエルにとっては今回の軍議はカシエルに会うことが目的であったからだ。こんなときでもなければなかなか会う機会が作れないほど、互いに多忙だった。

来てみれば、カシエルは欠席ということで、ミカエルは内心どんよりとため息を漏らした。だが、こうやって偶然にもカシエルに会えたのは僥倖《ぎょうこう》だった。

「――わかった」

カシエルは副官を振り返る。

「ラクシュ、おまえは先に戻れ」

「はっ」

「ギリアン。ベルージュの閲兵式にはまだ時間がある。それまで、万事遺漏なきよう頼む」

れぞれが逆方向へと歩いていった。


「承知いたしました」

　副官二人はまるで示し合わせたように長靴《ちょうか》の踵《かかと》を打ち付けて我が主人に敬意の礼を取り、そ
れぞれが逆方向へと歩いていった。

「それで?」

　カシエルが促すと、ミカエルは少しばかり声を落とした。

「できれば、場を改めたい」

　それほど重要なことなのかと、カシエルが視線で問えば。

「少々、込み入った話なのでな」

「よかろう」

　頷《うなず》いて、カシエルは付いてこいと言わんばかりに身を翻《ひるがえ》した。

　この聖神殿は、謂《い》わばカシエルの庭のようなものである。ミカエルたちにとっては広大な敷
地の、しかも、まるで迷路のように入り組んだ造りになっている神殿内のどこに何があるのか
把握したくてもとても無理な話だが、カシエルには雑作もないことである。

　そうやってミカエルを従えて歩き、奥まった部屋の扉を開けた。

　室内は簡素だが、落ち着いた色で統一された応接間になっていた。誰のための、なんのため
の……かはミカエルの知るところではないが。

「私に頼み事とは、なんだ?」

長衣を脱いで椅子《いす》に座るなり、カシエルが言った。あとは適当に寛《くつろ》げと言わんばかりの眼差しで。

「アギオンに降りる許可がほしい」

「……何？」

愕然《がくぜん》とカシエルは双眸を見開いた。

それは、少々込み入った話どころではない。まさか、ミカエルの口からその名前が出るとは思いもしなかった。

「アギオンは禁域だぞ、ミカエル」

ミカエルの真意を測りかねて、カシエルはしんなりと眉をひそめた。

「知っている」

「そこに誰が封じられているのかも、か？」

あえて、口にする。

「贖罪《あがない》の館の主である夢魔に会いたい」

ミカエルの声音には一筋の揺らぎもなかった。

「天上界の大罪人――アザゼルに何用だ？」

「会って、確かめたいことがある」

「確かめる？　何をだ？」

「それは、おまえには関係のないことだ」

「なくはなかろう。〈アラボト〉の統轄者は私だ」

まずはしっかりと釘《くぎ》を刺して。更に、語気を強める。

「まして、アギオンは『神』の咒力《じゅりょく》に縛られた不浄の館。天上界第一位の官位を持つおまえが迂闊に足を踏み入れるべき場所ではない」

苦言ではない。諫言《かんげん》である。

ミカエルの本音がどこにあるにせよ、その事実は揺らがないからだ。

「カシエル。私は無断で押し入ってよけいな軋轢《あつれき》を起こしたくないと思っているだけだ」

ミカエルは淡々と口にする。固い意志の籠《こ》もった強い眼差しで。

「それは、つまり。おまえにとってアギオンを訪れることはすでに決定事項であり、私が許可を出そうが出すまいが、どうでもいい。そういうことか？」

さすがに、カシエルも不快になる。

「無駄に揉《も》め事を引き起こすのは私の本意ではない。だから、こうやって頼んでいる」

不遜《ふそん》だった。あくまで口調だけはしおらしかったが、人にものを頼む態度ではない。むろん、そんなことは百も承知の上だろうが。

ミカエルらしい……と言ってしまえば、それに尽きた。

だからといって、不愉快であることに変わりはない。

「知っているか？　そういうのを正攻法のごり押しというのだ」

「事後承諾でなし崩しにおまえを丸め込めるなどと、私はそこまで自惚《うぬぼ》れてはおらぬでな」

平然と口にする時点で、暗にそれを認めたも同然であった。

「よく言う。確信犯の常套《じょうとう》手段など、質《たち》が悪すぎて誰も勝てぬだけだろう」

つまりは、そういうことである。

本来、ミカエルは策謀家ではない。理詰めの論議で相手をねじ伏せるのはどちらかといえばガブリエルの領分である。

ただ、恐ろしく理知的であるのに剛胆すぎる嫌いがあった。ラファエルのように豪放磊落《らいらく》なのではない。むしろ、冷然鋭利。

こうと決めたら一歩も譲らない。……どころか、相手の都合などまったく斟酌《しんしゃく》しない不敵さがあった。

その最たる例が『神』が溺愛する天使長《ルシファー》を己の従者にするという、前代未聞の暴挙であった。あれで天界中の反感と憤激を買ったも同然であるのに、ミカエルは恬然《てんぜん》としてまったく恥じない態度だった。

それどころか、第五天〈マホン〉にある『影の館《シャヘル》』に連日入り浸ってルシファーを愛でる――抱き潰《つぶ》すという掟《おきて》破りの蛮行を繰り返して多大な物議を醸した。

いや……。すべての主人《あるじ》に対して覚悟の在り方を見せつけた。己のシャヘルがいったい何を具現しているのか、誰も知ろうともしなかったその真理を容赦なく暴き出して白日の下に曝《さら》した。

館が壊滅したときには、さすがのミカエルも茫然《ぼうぜん》自失であった。己が運命を賭《と》してまで得た最愛の伴侶《はんりょ》を永遠に喪ってしまったからだ。

館が壊滅してしまった原因はいまだに不明。表向きはそうなっている。あの惨劇を生き延びた者はほんの一握りであったからだ。

それがどれほどの恐怖であったのか、察するにあまりある。結局のところ、彼らは大なり小なり心を病んで人知れず処分された。カシエルの従者であるベリアル、アナエルの従者であるレヴィヤタン、そしてラファエルの従者であるベルゼブルの三人を除いて。

その意味で言えば、ルシファーの薫陶《くんとう》を受けたベリアルとレヴィヤタンは強運であったと言える。あの惨状でも心が折れなかったからだ。

それが誇らしいかと問われれば、微妙であるとしか言えない。問題は山積みの上、しかも複雑すぎて、何から手を付ければいいのかわからないというのがカシエルの本音だからだ。事実上館を仕切っていたアシタロテを喪って、なし崩しにベリアルがその後任を押しつけられたという経緯もある。

事の真相を知るベルゼブルを処分することについては、ラファエルが強硬なまでに反対をした。他の君主の懸念を押し切る形で記憶に封印を施し、再建された館に残すことになった。存外、ラファエルの執着も強かったということだ。

だが、そこにミカエルの新しい従者はいない。誰も、そのことには触れない。暗黙の了解だからではない。禁忌だからでもない。ルシファーを喪ったミカエルの心情を汲み取ることなど誰にもできなかったからだ。

「では、カシエル。許可はもらえた。そう思ってもよいのだな？」

「止めて止まらぬものは、致し方あるまい」

「——感謝する」

口先だけではない謝意がこもっていた。

それゆえに、カシエルは口にしないではいられなかった。

「ミカエル。〈アラボト〉の主として、いや……統轄する七天の霊域は違うが同じセラフィムの君主として、おまえにひとつだけ忠告しておいてやろう」

「なんだ？」

「今更言うまでもないが、アギオンは禁領地だ。『神』の咒力に封じられた領域の中では、いかなる霊力も無力化する。『神の闘士』と呼ばれ、天上界随一の剛の者であるおまえといえども例外ではない」

「それは、つまり……禁域の中では何が起ころうともすべては自己責任。おまえは一切関知しない。そういうことだな？」

カシエルは片頬《ほお》で薄く笑った。どうやら、小さな親切はよけいなお節介であるらしい。

(何をしたいのかは知らぬが、ミカエルの本気度は間違いないようだな)

「そうだ。贖罪の館はアザゼルを永劫《えいごう》に封じるための枷だ。それゆえ、アギオンは生物の精気を喰らう沈黙の樹海とも呼ばれる」

つまりは、二重三重の結界の楔《くさび》を打ってあるということだ。たった一人を永遠に閉じ込めておくための檻《おり》として。創造主の怒りはそれほど凄《すさ》まじいということだった。

「いかなる霊力の干渉も許さず、その上でなお侵入者の精気を喰らう樹海か」

「アギオンでは飛翔することもできぬぞ」

とどめとばかりにカシエルは口にする。

「方向感覚の狂う樹海の中を自らの足で大地を踏みしめて歩くしかない。それでも……行くか？」

「私には、どうしても確かめたいことがある」

次元の狭間に落ち込んだルシファーの魂魄の行方を追うことができるのは、アザゼルをおいて他にない。なぜなら、アザゼルは天上界では唯一智天使《ケルビム》の血を引く界渡りの『夢魔』であるからだ。

「アギオンに降りるにはそれに見合う代償が必要だというのなら、それがどのようなものであれ、私は惜しむつもりはない」

双眸に口調に、真摯な熱がこもる。

「……そうか。ならば、もう何も言うことはない」

カシエルはそう言い放ち、椅子から立ち上がると部屋を出ていった。

✝ アギオン ✝

天上界第七天〈アラボト〉。

聖神殿よりはるか彼方、蒼穹と光輝とがひとつに溶け合う空間に『いと高き神《エル・シャッダイ》』を頂く霊域があった。

見上げても果てのない、ただ目映いばかりの黄金郷。

そこには燦然《さんぜん》たる光輝を幾重にもまとう御裾《みすそ》を堅く閉じる六つの巨大な門があり、それぞれの門の中心からは更に眩《まぶ》しい黄金の光が放たれていた。

第一の門には『知性』の光。

第二の門には、ありとあらゆる『創造の生命』の光。

第三の門には、悪の軛《くびき》を打ち破る『聖霊』の光。

第四の門からは、恩寵による『復活』の光。

第五の門からは、時が紡ぎ出す『宿命』の光。

そして、第六の門からは『贖罪』の光。

ミカエルが目指しているのは、その第六門から放たれた光の末端にある聖所『アギオン』だった。

聖所――と呼ばれながらも、実際はただ一人を幽閉したまま未来永劫封印するための牢獄であった。

その事実を知る者は少なくない。アザゼルの名前は戒めの象徴であるからだ。

だが。『アギオン』を取り囲む樹海の真実を知る者はごくごく限られていた。なぜなら、それ自体が無断で足を踏み入れることを禁じられた領域であるからだ。

棲み人を喪った『喜悦の園』は活力のある密林に変貌《へんぼう》したが、『アギオン』はその対極にあった。

滾々《こんこん》と湧《わ》きいずる泉を外界から覆い隠すかのように、いびつなほどに拗《ねじ》くれて繁茂した樹木は、煌々《こうこう》たる光に満ちあふれた〈アラボト〉の中では、唯一、独特の陰影を落としていた。

鬱蒼《うっそう》とした静寂は陽光の雫《しずく》すら拒む。鳥の囀《さえず》りひとつ聞こえないのは、ここが生気喰らいの樹海だからだ。

密度の濃い大気の流れはゆったりと重く、肌を刺すような冷ややかさであった。

ミカエルは道なき道を歩いていく。行く手を遮《さえぎ》る木々の枝を邪魔くさそうに手で払いのけながら。

(本当に、この樹海は何度来ても慣れないな)

思わず愚痴る。

聖所とは名ばかりの不浄の地。その本質を、嫌でも痛感しないではいられない。

(少しでも気を抜くと際限なく生気を貪《むさぼ》り食われてしまいそうだ)

百聞は一見に如《し》かず。実体験ならば、その異様さが更に身に沁《し》みる。

カシエルの忠告には些《いささ》かの誇張もないことがよくわかる。絶対に拒否できない勅命でもない限り、誰も好きこのんでこの地に足を踏み入れたいとは思わないだろう。

それでも。毎回、迷うことなく聖所へと辿《たど》り着けるのは、ミカエルの眼前をひらひらと飛ぶ黒蝶がいるからだ。

むろん、本物ではない。幻覚でもない。

霊力を無力化する生気喰いの樹海でなぜ、そんなものが存在するのか。その疑問をぶつけても『アギオン』の主《ぬし》は沈黙で応じた。

それならそれで、ミカエルは構わなかった。迷うことなく最短で聖所へと辿り着くための道案内ならば、感謝こそすれ文句を言う筋合いではなかった。

どっしりと重々しい青銅の門は錆《さ》びひとつ浮いていない艶《つや》やかさであった。ミカエルがその前に立つと、なんの問いかけもないまままただ中へと促すためだけに開かれた扉は、まるで羽のように軽やかでわずかな軋《きし》みも上げはしなかった。

なんの躊躇《ためらい》もなく、ミカエルは慣れた足取りで門を潜る。

薄暗い回廊は『死者の扉《アシェラー》』と同等の沈黙でもってミカエルを出迎える。あたかも、それが最上級のもてなしであるかのように……。

数十本もの細い鉱木《こうぼく》に支えられた円形の広間には、人の気配がなかった。中央の台座に据えられた銀水晶だけが第六門から放たれた黄金光を吸い取っては妖しく彩りを添え、時に応じて燦めくような虹色の輝きを発散していた。

そこから更に奥へ進むと、突き当たりに瑠璃紺《るりこん》色の扉がある。軽く触れただけで、それは音もなく光布のようなしなやかさでハラリと左右に別れた。

「お待ちしておりました」

抑揚のない、それでいて身体の奥底まで染み入るような声が招く。

蒼白《あおじろ》く冴えた光環の中、鎮座した夢魔――アザゼルがいた。

沈黙と静謐《せいひつ》の『贖罪』の聖所『アギオン』。永遠の虜囚であるアザゼルは紛れもない異相だった。

鼻線を境にアザゼルの左半身は真珠色の肌を持ち、右半身は濡《ぬ》れたような漆黒の光沢を放っている。その異相を更に際立たせている白髪は風もないのにユルユルとうねり、鎮座したアザゼルの下半身を覆い隠すかのようにまとわりついていた。

初めてアザゼルを眼前にしたとき、ミカエルは思わず息を呑んだ。『神』が創造した異形《キメラ》体など見慣れていたにもかかわらず、それがかつての同朋《どうほう》の成れの果てであることに、ある種の驚愕を隠しきれなくて。

天上界一の大罪人。その異名と経緯は知ってはいても『アギオン』に封じられたアザゼルの実態を目にするのは初めてであったからだ。

だが。驚きはあっても嫌悪はない。

(生かさず、殺さずか……。なるほどな)

異形に堕とされての永遠の孤独とは、ある意味、ゲヘナの監獄よりも厳しい罰であるのかもしれない。

ゲヘナは過酷だが、時間は有限である。心が折れても正気を失うことはできないが、魂魄を磨り潰して毒素が回り身体が腐れ落ちてしまえば罪は許される。むろん、転生することなどあり得ないが。

「お探しになっておられた、シャヘルの館から下界へ投じられた『運命』の魂魄の行方……。ようやく手繰り寄せることができました」

それを告げていったん口を噤《つぐ》んだアザゼルは、双眸を輝かせて歓喜の言葉を吐こうとするミカエルをその目で制すように、ゆったりと重い口を開いた。

「ですが、たとえ天上界一位というミカエル様のお力をもってしても、下界から連れ帰ることはできませぬ」

一瞬、ミカエルは気色《けしき》ばんだ。

「どういう、ことだッ？」

　口を突く言葉さえも荒く跳ね上がった。

「ミカエル様もご存じでありましょうが、天上界から選ばれて下界へと送られる『運命』とは、本来、時空の守護者たる第五門の主――ジャミスの監視下にあります。それゆえ、定められた次元で滞りなく『神』の思惟《しい》を具現すべく、あらかじめ命の期限を切ってございます。しかし、ルシファー様の魂魄に限っては『運命』の枷とはまったく別の……特異な封印がかけられております」

「特異な封印？」

「はい。下界へ流された際、天上界のいかなる干渉も受け付けぬよう、魂魄が『暗闇の呪力《サタン》』で封じられております」

　瞬間。ミカエルは足下を掬《すく》われたような錯覚に目眩《めまい》すら覚え、絶句したまま立ち竦《すく》んだ。

（サタンの……封印、だと？）

　まさか。

　……そんな。

　………ありえない。

　衝撃が脳髄を直撃する。

　あの日。『神』がルシファーを『運命』という名の個に封じて下界に流したと知ったとき、すべての記憶は意識の奥深く閉じられたであろうことは容易に想像できた。だが、まさか、その魂魄まで永遠に闇の奥底へ封じられようとは思いもしなかったのである。

『暗闇《サタン》の封印』。

それは天上界の輝ける光輪とは対極を為す闇の神髄《しんずい》。『神』によって与えられた暗示のみを忠実に遂行するための枷であり、天の御使いは触れることを固く禁じられている。

なぜなら。霊力の根源である御光《みひかり》と闇力を凝縮したサタンの結界は、それ自体が絶対に交わってはならない磁極であるからだ。常に活力を外へと発散する光子がそれにわずかでも触れると、封印は与えられた暗示ごと一瞬にして爆裂してしまうのだ。

もしも、天上界第一位という燦然たる光子をまとったミカエルが迂闊に近付きでもしたら、その手で触れるまでもなく、現世の身体ごとルシファーの魂魄はあっけなく消滅してしまうだろう。それはつまり、ルシファーの永劫の死を意味するのだった。

あの日。

あの刻《とき》。

あの場所で。

『神』によって無惨に引きちぎられた我が半身……。

何物にも代えがたい半身であるルシファーの魂魄をようやく見つけ出した歓喜も束の間、ミカエルは絶望にも等しい事実を鼻先に突きつけられ、身体の芯から冷たく痺れるような衝撃に顔色を失った。

（そうまでして……。そうまでして『神』は私とルシファーを引き裂こうというのか）

血の気を失った唇がわななく。視界が赤く翳《かす》む。握り込んだ拳《こぶし》が憤怒でぶるぶると震えた。

ミカエルに対する嫉妬もさることながら、強大無比な暗闇の力でもってルシファーの魂魄を封印してしまうほどの作為に、改めて『神』自身の激しい執着を見せつけられたような気がした。

なんとも形容しがたい激情の昂りに突き上げられて、全身の血が沸騰する。それをアザゼルに気取られまいと必死に歯止めをかける理性の念も、握りしめた指の震えまでは抑えることができなかった。

「術《すべ》はない。そう、言うのか？」

呻《うめ》くように声を絞り出すミカエルを見つめ、アザゼルは無情に告げるのだった。

「サタンの霊力は強大で、封じられたものに対する防御は完璧です。毛髪一本、入りこむ余地はありません」

食いしばった奥歯が軋った。

「――ですが。全能なる『神』の通力をもってしてもどうにもならない盲点が、たったひとつだけございます」

「……盲点？」

「はい。魂魄とはそれ自体が微弱に揺れ動く念素《ねんそ》であり、その核を成す霊魂は常に一定しているわけではありません。外部からのいかなる干渉も受けつけないサタンの封印も、暗示によって抑え込まれた意識が解放されてしまえば用をなしません。つまり、魂魄が自らの意志で真に目覚めたときに限り封印はその効力を失ってしまうのです」

「自らの意志で、か……。そのほうが、もっと絶望的かもしれぬな」

ミカエルは片頬に自嘲の歪みを刷く。

「ルシファーは私のシャヘルになる屈辱より、忘却の河へ身を沈めることを望んだ。結局、それすらも『神』はお許しにはならなかったがな」

アザゼルは沈黙で応じた。

「己で己の激情を持て余すほど別の魂に惹《ひ》かれるということは、重くて息苦しい枷に我と我が身を繋《つな》ぎ止めることなのだろうな。その苦痛から逃れるために、私は天上界の至宝とまで言われたルシファーを、シャヘルという鎖で雁字《がんじ》搦《がら》めにしたのだ。その報いが、これなのかもしれぬ」

下界へ流されたルシファーの魂魄を見つけ出すとミカエルが口にしたとき、ガブリエルは激《げっ》昂《こう》した。

――ミカエル。おまえは……『神』と張り合うつもりなのかッ？――

普段は洒脱《しゃだつ》な物言いをするナタナエルは露骨に顔をしかめた。

――ルシファーが天上界を退いたときから、おまえが、我らの要だ。わかっているのか、ミカエル。これ以上、勝手な真似《まね》はするな――

ケムエルは更に辛辣《しんらつ》だった。

――おまえのシャヘルになりたがっている者なら、数多いよう。身も心も、望むままだ。もう、ルシファーに構うな――

そして、ラファエルは言った。

――わかっているはずだ。『神』とおまえと……ルシファーをふたつに引きちぎる――皆が皆、真にルシファーを愛しているのならばおまえから手を離せ……と言う。ルシファーを解放してやるべきだと。

だが、ミカエルは退かなかった。

禁を犯して『アギオン』を訪れ、天上界一の大罪人であるアザゼルに本音で助力を請うた。下界へ流されたルシファーの魂魄の行方を知りたいので協力して欲しい、と。

その結果がこれだった。

こんな結末など望んでいなかった。考えてもいなかった。ミカエルの存在自体がルシファーを阻害する枷になることなど。

「ひとつの心に二人分の愛を満たそうとすれば行き場を失い、どちらかが溢《あふ》れてしまうものです。惜しみなく愛を分かち与えられる者は、その実、真実の愛がどれほど狂おしいものなのか……わかっていないのかもしれません。純真無垢な優しさは、ときとして死よりも残酷なものです」

いつものアザゼルらしからぬ、どこか熱のこもった真摯な口調だった。

「ミカエル様は後悔なさっていらっしゃるのですか？」

「悔いてなどおらぬ」

きっぱりと口にする。

「後ろを振り返る暇があるのならば、前に突き進む。そう決めたからな。それゆえ、集いの日に『神』への賛美を口にする代わりにおまえに会いに来ることを選んだのだ」

ミカエルは昂ぶり上がった気持ちを静めるようにひとつ大きくため息をつくと、ひっそりと呟《つぶや》いた。

「見せてくれぬか、アザゼル。触れることすらできぬのならば、せめて、ルシファーの現し身を……」

「お望みならば、幾度でも……」

「頼む」

「では……お手を」

促されるままアザゼルと向き合い腰を下ろしたミカエルは、差し出された色違いの双手にゆうるりと我が手を重ねた。

「目を閉じ、ゆっくりと気息を整え……」

ひんやりと冷たく、しなやかなアザゼルの指が絡んでくる。

「わたくしの声に耳を澄まし……静かに……細く……心の目を解き放ちたまえ……」

合わせた掌《てのひら》から次第に精気が抜けていく。そう感じたときにはもう、瞼《まぶた》も重く、ミカエルの意識は静かに沈んでいった。

眠りは幻に心惹かれ。

夢は現《うつ》つを彷徨《さまよ》い。

闇を抜け……。

そうして、ミカエルの意識はアザゼルに導かれるままに時空の壁を越えようとしていた。

✝✝　天使　✝✝

禁断の実を口にして楽園を追われた『男《イツシユ》』と『女《イツシヤ》』の末裔《まつえい》がひしめき合う——現世。

混沌《こんとん》と猥雑《わいざつ》。

喜悦と喪失。

欲望と絶望。

過去。

——現在。

————未来。

時代はその時々でいかようにも変容するが、時間が逆流することはない。

勝者と敗者のボーダーライン。

執着は貪婪《どんらん》を孕《はら》み、価値観の齟齬《そご》は確執を生み、日々の安寧《あんねい》は剝離する。無垢なる思惟から永遠に……。

『エリ——エリ。ラマ、サバクタニ……』

祈りは届かない。

そうして。人は根源の輝きを取り戻せないまま、在るべき道を見失うのだろう。


先陣を競って宙《そら》へきっ先を突き上げるかのように列座するタワービル街は、まるで現代のバベルの塔を思わせる。

より高く。

彼方へ。

その遥《はる》か先へ。

ビジネスの機能と合理性に名を借りた摩天楼は富と虚栄の象徴である。選ばれた者にしかその栄誉に与《あず》かれないという——傲慢《ごうまん》。

人は何事にも順列を付けたがる。そうすることでしか己の価値を見い出せないからだ。

幸福とは足るを知ることではない。貪欲であることが人生の勝ち組なのだ。支配するか、服従を選ぶか。

知識欲であれ、物欲であれ、愛欲であれ。欲のない者は淘汰《とうた》されてしまう。それが、現代社会の節理である。

大地を踏みしめ。

天を仰ぎ。

——渇望する。

何を。

誰を。

摑《つか》んでも摑んでも、満たされることのない渇き。その貪欲なまでの飢渇感がなんであるのかを知る者は、希《まれ》だ。

それゆえに男と女の末裔たちは、あくなきチャレンジを繰り返すのだろうか。ひたすら天を見上げ、無垢なる楽園を恋うるように……。

あるいは、永劫の許しを請うために。

騒音と狸雑を吐き出すビルの谷間では、数多くの車と、足早に行き過ぎる人々が交錯して刻々と時を刻んでいく。

申し訳程度に植えられた街路樹が季節の彩りを添えても、目をやる者もない。

それはそうだろう。日ごと夜ごと、どこかで、誰かが死んでいく。別段、目新しくもない現実だった。

それが、ごく平凡な日常なのだ。

この都市では、死は悼《いた》むものではなく傍《かたわ》らを通りすぎるものなのだった。人が他人に無関心になればなるほど、コンクリートに固められた街並みは吹き抜ける風の方向さえ寒々と歪めてしまう。

けれども。そそり立つ連山の裾を埋めつくすように谷間から四方八方へと伸びる街路にいったん陽が落ちてしまえば、そこは昼間とはまったく違った顔を見せはじめる。

軒を連ねて闇を彩るネオンは妖しく心誘い、いつ果てるとも知れない不夜城で織りなす人間模様の悲喜交々《こもごも》がどんよりと渦巻いているのだった。

パウエルの中心街からかなり外れ、複雑に入り組んだ路地が迷路のように人を惑わせる場所に店を構えるクラブ『イリュージョン』は、十九時を過ぎる頃には十人掛けのカウンターも大小のボックス席にもすでに馴染みの若い客で埋めつくされていた。

もうもうと立ち込める、紫煙。

アルコールが炙《あぶ》り出す、熱気と臭気。

ひっきりなしに上がる嬌声《きょうせい》と野太い笑い声。

その裏で静かに流れるBGMはほとんど無用の長物だった。

それにもまして、カウンターの内と外とで弾けるように上がる笑い声は『幻想』と銘打たれた看板にはそぐわないほどの賑《にぎ》やかさ――いや、騒がしさだった。

そんなざわめきをことさら避けるように、黒髪黒瞳のキース・ランガーはカウンターの端でひとり黙々とグラスを洗い続けていた。

馴染みの若い客たちに比べれば体格は決していいほうではない。そのせいか、十九歳という年齢よりも幼く見える。決して童顔というわけではなかったが、まくりあげた腕の細さにも、薄い腰の頼りなさにも、ひょろりとした足にも、いまだ少年然とした荒削りな青臭さがこびりついていた。

だが。黒々とした切れ長の双眸の冴えが、薄く引き締まった唇が、その年頃には見られがちな、まだ青年にはなりきらない中途半端な甘さをきっぱりと裏切っていた。

見た目のアンバランスが孕む奇妙な艶。

一度でもその双眸《黒瞳》に見据えられたなら、きっと忘れない。……忘れられない。そんな、やけに気になるものを醸し出していた。

しかし。酒と煙草《たばこ》と熱のこもった人いきれの中では、その特異ささえも鈍く翳んでしまうのなのかもしれない。

事実。店の常連たちは誰も……誰ひとりとしてそれに気づく者はなかった。

いや。たとえ気づいていたとしても、やはり、誰ひとりとしてまともに目もくれないのではないだろうか。

その最たる証《あかし》が、この『イリュージョン』には存在していた。

黙々と洗い物を片付けていくキースの目がときおり思い出したように、チラチラと横へ流れる。

その先に天使がいた。

最初に、誰が彼を天使《アンジュ》と呼んだのか。そんなことは誰も覚えてはいないらしいが、同じように天使を意味するエンジェルでも、アンジェロでも、アンゲロスでもなく、誰もが競って彼を『アンジュ』と呼びたがった。

まろやかな、しなやかな、耳に優しくまつろう美しい……響き。

彼のファースト・ネームは『ルカ』と言うのだが、ここではその名前を口にする者はいない。男も女も、皆が等しく彼を『アンジュ』と呼ぶ。

一般的な天使のイメージと言えば。可愛《かわい》い、華奢《きやしや》、天真爛漫《らんまん》……な少年少女《ロー・ティーン》だろうか。あるいは中性的《ユニセックス》な魅力に溢れた者。それだって未成年が限度だろう。

『イリュージョン』の天使は体格的なことで言えば決して小柄ではなかった。もちろん、均整の取れた肢体は皆が羨《うらや》むほどのモデル並みであることに違いはないが、ルカはキースよりも長身だった。年齢だってとうに二十歳は超えている。常連たちとの会話によれば自称二十三歳であるらしい。

（そんなんで天使って……どうよ？）

常連客にいまだに名前ですら呼んでもらえないという僻《ひが》み根性ではない。彼らが当然のことのようにルカを『アンジュ』呼ばわりにする違和感が、どうしても抜けないのだった。

――なぜ？

わからない。

ただ、喉に刺さった小骨のように気になってしょうがなかった。

（バカ、だろ）

だから、そんなふうに思う自分が。

快く……かどうかはわからないが。ルカだって普通にそれを受け入れているのだから、キースがあれこれ気に病む必要はどこにもない。

それは、ともかく。『アンジュ』という艶《つや》やかな音調が、彼には一番相応《ふさわ》しい。誰もがそうと認めざるを得ない、その呼び名を具現して見せつけるだけの天性の美しさを彼は持っていた。

雄でも雌でもない、無性の美ではない。

女でも男でもありうる、異端の神秘でもない。

言うなれば。男と女のどちらからも許容される端麗さであろうか。

ルカをその目にした者は誰でも思うのだ。嫉妬するだけ無駄……自分が惨めになってしまう美しさもまた、確かにこの世には存在するのだと。

誰にも文句を言わせない美貌。言ってしまえば、それに尽きた。

髪は見るからに柔らかそうな光沢のある茶髪だった。後ろでゆったりひとつに束ねているのがもったいない、そう思えてしまうほどの。枝毛も切れ毛も、パサつきとも無縁だろう。どんな手入れをしたらそんな艶やかな髪質になるのかと、何か秘訣があったらぜひ教えてほしいと、真剣にルカに詰め寄っていた女性客もいたほどだった。

それが本心か、それともルカの気を引きたがってのことかはわからないが、シナを作って媚《こ》びる姿に常連客のブーイングを買いまくったのは間違いない。

スリムな肢体はひ弱さを感じさせない程度の理想的なしなりがある。

優しげな美貌は『天使』の名をほしいままにし、とりわけその双眸は光の加減で灰色とも銀色ともつかぬ色に変わるのがどこかミステリアスであった。

カウンターのみならず店内では飲み物と軽食のオーダーがひっきりなしに入る。ウエイトレス二人と、ルカともう一人のバーテンダーとで手際よくそのオーダーを捌《さば》いていく。笑みは絶やさず、ジョークまじりのトークも欠かさないルカの仕事ぶりはなかなかにハードだった。無口、無愛想を自認するキースには真似のできない有能さであった。

「キース。氷が少なくなってきた。補充しとけ」

ルカよりも年かさのバーテンダーに言われて。

「はい」

キースは洗い物の手を止め、背後の大型冷凍庫からロック・アイスがたっぷり詰まったビニール袋を取り出してナイフで封を切り、カウンターに戻ってアイス・ボックスの中に入れる。

そのとき。キースがいるカウンターとは逆の端で、不意に野太い笑い声が弾けた。わざわざ目をやることもない。ルカとその取り巻きである常連組だ。

(相変わらずだよな。あいつら)

たわいもない冗談ですら大袈裟《おおげさ》な笑いを取る。まるで、ルカと会話する権利を主張するかのように。

アイス・ボックスの中の氷を均一にして蓋《ふた》を閉め、キースが洗い場に戻ると。キース側のカウンターの末席に座っている男二人が彼らを横目で睨《にら》んで嫉妬まじりにヒソヒソと愚痴った。

「チッ。ロディーたち、相変わらずアンジュを独り占めかよ」

「あいつら、そのためにいっつも開店前に並んでるらしいじゃん」

「マジ?」

「ホント。ホント。アンジュはカウンターから出ないっていうのが『イリュージョン』のルールだからさぁ」

ルカのあまりの人気ぶりにオーナーがそう宣言した。客同士のトラブルを避けるためにだ。酒が入れば理性もぐらつき、自制のネジも緩む。大入り満員はウェルカムだが、ルカを巡っての店内での喧嘩沙汰《けんかざた》はノーサンキュー——と言うのが本音だろう。

「特等席を確保するためにそこまでやるってか?」

「だから、あいつら、アンジュにマジ惚れなんだって」

「そりゃまぁ、わからないわけでもないけどな」

「なんたって『イリュージョン』の天使様だし?」

ルカはバーテンダーの安っぽい黒服を着ていても上品そのものである。メチャクチャ浮いているのに、妙に馴染んでいる。あの存在感は無視できない。

ルカ自身は出自など口にしたことはないが、あの美貌であの気品は絶対に上流階級出身……というのが『イリュージョン』では定説になっている。

(イリュージョンの天使……か)

キースは定番のフレーズを口裏でひっそりと呟く。

『イリュージョン』の天使は選り好みをしなかった。誰にでも極上の笑みを投げかける。それでいて、我が身に注がれる熱い眼差しやどこかしら淫《みだ》らな誘いを実に上手くあしらっていた。

「なぁ、アンジュ。今度、定休日のときにステーキでも食いに行かね? すっげー美味《うま》い肉、食わせるとこがあるんだけど」

「あー、ごめんなさい。僕、肉はちょっと……」

「え? もしかしてベジタリアン?」

「んー、そういうわけじゃないんだけど。アレルギーがあって」

「じゃ、じゃあ、オイスターバーとかはどう?」

「生モノ系はもっとダメなの」

「……そうなんだ？」

「そうなんだよ。食べ物って、知らずに食べて当たるとけっこう酷《ひど》いことになっちゃうから。もう、いっぺんで懲《こ》りちゃった。だから、僕、あまり外食はしないんだよ。ごめんなさい」

それが事実かどうかは別にして。アレルギー持ちだと言われれば、しつこく食事に誘う奴もいなくなる。

本音と建て前が交錯するきわどいジョークも挑発も、嫌味にならないさりげなさでヒラリと躱《かわ》す。まるで堕天使とは無縁なのだと言わんばかりの優雅さで。

天使《ルカ》が投げかける極上の微笑《ほほえ》み。それは誰も拒みはしなかったが、同様に、誰のものでもなかった。

ルカが常連たちに愛されている第一の理由はそこにあるのかもしれない。

鼻につく押し付けがましさもなければ、媚びもない博愛。カウンター越しとはいえ、きちんと目を合わせてのトークはおざなりな営業スマイルとは無縁だった。

埋没しない個性はいっそ派手目立ちをするが、カリスマのように圧倒的なアクの強さを持たない穏やかさがルカにはある。

ルカは他人を威圧しない。見下さない。不快にさせない。彼らはそこに、自覚しない渇きを癒《いや》す潤いを求めているのかもしれない。

だからこそ『イリュージョン』ではルカ《癒し》を独り占めにすることは許されない。

――許さない。

誰が口にしたわけでもないその暗黙の取り決めは、現実を突き抜けたひとときの幻想を共有する者たちにとって至福の時間を喪失したくないがための自戒であったかもしれない。

半面。彼らは笑顔の裏で密かに互いを牽制《けんせい》し合い、隙《すき》あらばルカを自分だけの『天使』として独占したい――と虎視眈々《たんたん》と様子を窺《うかが》っているのではないか。

夜ごと常連客で埋めつくされる『イリュージョン』の半端ではないボルテージの高さを見せつけられるにつけ、キースは半ば本気でそれを思わずにはいられなかった。

（なんで、あいつは、あんなに無防備なんだ？）

キースはしんなりと眉をひそめる。

（あいつの取り巻き連中は、どいつもこいつも下心丸出しじゃないか）

取り立てて根拠のない杞憂《きゆう》などではない。中には本当にルカとの気のおけないトークを楽しみにしている者もいるだろうが、毎度毎度カウンター席に陣取っている常連客の頭の中は妄想菌がウジャウジャ湧いているに違いない。

愛すべき天使には、確かにそういう危うい甘さがあった。甘さでなければ、無警戒の人当たりの良さであろうか。

八方美人的なあざとさなどは欠片《かけら》もない。ただ、来る者は拒まない博愛主義なだけ。なんの苦労もなさそうにくったくのない笑い声を上げるルカの存在が、キースにはひどく苛立《いらだ》たしくてならなかった。

頼まれもしないお節介を焼く気などさらさらなかったが。

(だからぁ、もっと危機感持てよッ)

自分よりも身長のあるルカの胸ぐらを摑んで、そう怒鳴りたくなるのだった。

(誰かれ構わず甘い顔ばっかしてると、そのうち絶対に泣きを見るんだからな。わかってんのかよ、おまえ)

かつて。もっと露骨で、剝《む》き出しの情欲に追い立てられた苦汁と憤怒と嫌悪感がキースにはあった。

だからといって、他人のことでこれほどまでに神経を苛立たせた覚えがなかった。

基本、キースは他人には不干渉である。極度な人間嫌いというよりも、誰も信用できないという人間不信に近かったが。

(こいつの何が、どこが……どうして、こうも気になるんだろう)

その思いが込み上げてきて、知らず視線がきつくなるキースだった。

すると。不意に弾かれたようにビクリとルカが双眸を跳ね上げた。

そして。自分に注がれた視線の中から異質を嗅《か》ぎ分けるような正確さでキースの黒瞳を捜し当てると、微笑むことも忘れてじっと見つめ返した。

キースは目を逸《そ》らさなかった。いや……逸らせなかった。まるで、ルカの視線に搦《から》め捕られてしまったかのように。

互いを見据えて身じろぎもしない視線がいったい何を求めているのか。それは、笑いの途切れた周囲の思惑を無視して見つめ合う二人にもわからなかった。

無言《しじま》が続いた。

緘黙《かんもく》して語らず。

沈黙だけがやけに重くのしかかる。

そうしていると、言葉にも……形にすらならない何かが琴線に触れてくるような、もどかしくて苛つくような奇妙な錯覚《ザワつき》がキースにはあった。

だが。それも。

「どうしたんだ、アンジュ」

二人の見つめ合いに痺れを切らした常連の、不機嫌な一言で不意にプツリと切れた。

「え？　あ……別になんでもないよ」

ボソリと呟いてルカが目を落とす。その双瞳が再び笑みを取り戻したときにはもう、キースとの間に存在しかけたものは跡形もなく消え失せていた。

「おい、そこの皿洗いのガキ。おまえが俺たちのアンジュに色目使おうなんざ、十年早いんだよ」

しらけた沈黙を取り繕うように、誰かが皮肉を飛ばした。つられて、野次まじりの嘲笑《ちょうしょう》が巻き上がる。

「アンジュ。あんな小便臭いガキなんか、相手にすることたぁねーからな」

ルカは苦笑する。

「やだなぁ、ロディー。キースはガキじゃないよ？　ちゃんとハイスクールは卒業してるんだから」

つい、そんなフォローまでしてしまう。

思わず口にして、ちょっとだけ後悔するかのように。案の定、ロディーたちはあからさまに眉をひそめた。

「ハン。俺らに言わせりゃ十代のガキなんか、どいつもこいつも同じだね」

「そうそう。尻《ケツ》の青い甘ったれのくせに、口だけはいっちょ前だ」

それを無視してキースはまた手を動かしはじめた。

「チッ。可愛げのないガキだぜ、まったく」

そんなことは、わざわざ言われなくてもわかっている。自覚だけは筋金入りである。

「ほっとけよ。妬《や》いてんのさ。アンジュばっかりモテるとなりゃあ、な。ふて腐れたくもなっちまうだろうさ」

「アンジュと張り合おうってツラかよ」

自分の顔を鏡で見てから言いやがれ――と、キースは内心で罵倒《ばとう》する。不釣《つ》り合いなのはお互い様だ。

「まっ、そりゃそうだ」

酔いにまかせた嘲笑が一段と大きく膨《ふく》れ上がる。

ルカは困ったように、曖昧《あいまい》な微苦笑をその頬に刻んだだけだった。まるで、それだけがこの場を収める最善の方法なのだと言わんばかりに……。

そうして。キースは自ら切って捨てる。胸の奥底でユラリと立ち上がりかけた不可解な感情の切れ端を。

(勝手に好きなだけほざいてろ)

口裏で毒づきながら、それでもキースは唇を噛み締めずにはいられなかった。

ここで働き始めてちょうど半年になる。

はっきり言って、賃金の割には居心地がいいとは言えない。

ルカの存在がそれほど気に障るのなら、スッパリやめてまた新しい働き口を探せばそれで済む。なのに、毎日、遅刻もせずに出かけていく自分が不思議だった。他人に煩《わずら》わされるのが何よりも嫌いなはずなのに、どうして?

たぶん。ルカと出会ったときの、あの言葉がいまだに尾を引いているのかもしれない。

《君……どうして黒髪なの? 君には燦めくような金髪こそが似つかわしいのに……》

初対面、目を合わせた瞬間。ルカは、ウブな少女を口説き落とすことが生き甲斐《がい》であるかのようなプレイボーイも顔負けの台詞《せりふ》を口にしてキースを唖然《あぜん》とさせた。

現実のキースを見ているようで、その実、ルカは何も見ていない。遠く、どこかあらぬ先をじっと見ていた灰色の双眸は、言葉を失ったキースの怪訝《けげん》な顔つきにハッと我に返り。

《あ……ごめん。変なこと言っちゃって。なんか、君を見た瞬間、どうして金髪に青い目じゃないんだろう……とか思っちゃって。おかしいよね、僕。どうしちゃったんだろう。本当にごめんなさい》

言い訳にもならないようなことを口にして、取って付けたような苦笑を浮かべながら右手を差し出したのだった。

《よろしく。僕はルカ。わからないことがあったら、なんでも聞いてね？》

そんなことを、いつまでも気にしているほうがおかしいのかもしれない。ただ、冗談にしてはあまりに真摯なルカの眼差しが、奇妙な言葉の綾が、なぜかもどかしさを覚えるほど頭にこびりついて離れないのだった。

金髪《ブロンド》に蒼い瞳《ブルー・アイズ》。

それは、キースにとっては禁句だった。初対面で、いきなりルカは、キースのコンプレックスの元凶をグリグリと掻《か》き毟《むし》ってくれたのだった。

《黒い髪に黒い目……。あー……嫌だわ。どうして私が産んだ子が金髪碧眼《へきがん》ではないの？》

キースの母親は、艶めくブロンドと深く澄んだ湖のようなブルー・アイズが自慢の美人だった。血統を遡《さかのぼ》ればとある有名貴族の末裔と言われる家柄がプライドの拠《よ》り所だった。

《名門ナッシュ家の血筋に、あんな成り上がりの男の血がこんなにもはっきり出るだなんて……屈辱だわ》

それが口癖だった。とうに没落してしまったナッシュ家に護るべき格式などありはしなかったが、母親にとってはそれが最優先されるべき価値観のすべてだった。

《あんな子、顔を見たくもないの。どこか寄宿舎のある学校にでもやってちょうだいッ》

優しい言葉をかけてもらった記憶どころか、抱いてもらったこともない。生まれ落ちたその瞬間にはもう、見向きもされなかった。顔立ちはどちらかというと母親似であったにもかかわらず、黒髪黒瞳だというだけで。

《俺は愛情を金で買ったわけじゃない。だから、どうだと言うんだ？》

父親は、それを公言して憚《はばか》らなかった。

ぎょろ目でずんぐりした体型の父親はお世辞にも美男《ハンサム》とは言い難い。美貌自慢の母親からすれば、視界の端にも入れたくないタイプだったことは間違いない。

《同じ連れて歩くのなら、ただ見映えのいい女よりそれなりのステイタスを持っている女がいい。それだけのことだ》

世間で言われるところの醜男かもしれないが、父親には容姿に勝る非凡な才覚があった。一、代で財をなすほどの。それこそ、困窮しても見栄を張るしかない上流階級の連中が『成り上がり』だのなんだの口さがなく囀っても、その存在を無視できないくらいには。

両親は愛情で結婚したわけではない。

父親は借金で首が回らなくなった没落貴族の末裔——血統書付きの女を金で買ってアクセサリー代わりにしただけのことだ。だから、プライド高い母親はいつも父親に冷たかった。金髪碧眼という血筋を穢す存在である息子《キース》を毛嫌いするほどに。

《いいか、キース。マーシャル学院は寄宿学校としては名門中の名門だ。しっかり勉強をしてトップを取れ。腐りかけた血統にしがみつくしか能がない奴らに、ランガー家の息子がどれほど優秀な男か見せつけてやれ》

そんな父親は他所《よそ》でさっさと愛人を囲って家には寄りつきもしなかった。愛人に子どもが生まれてからは、なし崩し的にキースへの関心もなくなった。

キースは七歳から寄宿舎に入れられた。それ以外の選択など与えられなかった。

世の中には親に愛されない子どもは必ずいる。その理由は様々で、掃いて捨てるほどではないかもしれないがそれなりにはいる。

寄宿舎生活になって、キースはそれを実感した。親に捨てられた子どもは自分だけではないのだと。そんなことはなんの慰めにもならなかったが。

ランガー家には愛情はなくても金だけはあったから、道端に捨てられるよりはマシだった。

少なくとも、行き場がなくて飢えて死ぬようなことはない。それが他人よりも恵まれている人生――などとはとうてい思えなかったが。

当然のことながら、両親ともただの一度も面会には来なかった。夏休みや冬休みといった長期休暇に入っても、キースには帰る家すらなかった。もちろん、金を送って寄越すだけでハイスクールの卒業式にも来なかった。

キース名義の銀行預金は貯まるだけで目減りすることもなかった。十八歳になると、キースは弁護士を通じて信託預金とともにそれを受け取った。

そのおかげで、卒業と同時にキースはアパートを借りて好きに一人暮らしができているわけだ。文句を言う者は誰もいない。

ルカがそんな事情を知るわけがないのはわかりきっているが、初対面でのあの言葉が胸にグッサリ刻み付いているのはどうしようもなかった。

『イリュージョン』の明かりが消えて裏口の扉を抜けると、あたりはそぼ降る雨に何もかもが鈍くけぶっていた。

ひとつため息を落とし、キースはジャンパーの襟《えり》を立てる。

その背後から無言で傘を差しかけたルカの好意を背で拒み、キースはポケットに両手を突っ込んで足早に雨の中へ消えていった。

ギシ。

ギシ。

ギシッ……。

アパートの階段を上がる足音は、いつにもましてやけに冷たく響く。

部屋のドアを開けても、笑顔で出迎えてくれる相手はいない。生活していく上で最低限度の物しかない部屋の中は寒々として、床には描きなぐりにも似た素描がキースの帰りを待ち侘《わ》びていたかのように散乱しているだけだった。

見慣れた、いつもの光景であった。

そう……。いつもだったら、そんなことは少しも気にならなかった。それでも、今夜に限ってやけに感傷的になってしまうのはあながち雨のせいばかりではないような気がした。

（あいつと……ちょっと目が合ったくらいでさ、何をしんみりしてるんだよ。そんなガラじゃないだろ？）

半ば自嘲ぎみに唇の端を吊り上げ、無理やり呑み込む。口いっぱいに広がる苦々しさとどこにもぶつけようのない腹立たしさを。

そのまま、バスルームへ直行する。

パシパシと肌で痛いくらいに弾ける熱いシャワーを頭から浴びると、やっと生き返ったような気になった。

深々と息をつく。

毛穴の奥までジンジン染み入るような熱さに、キースはしばし身じろぎもしなかった。


眠れない……。

身体は充分に暖まったはずなのに、眠れない。

眠れないから、ついついよけいなことまで考えてしまう。思い出して……しまう。

今更のようにキースは舌打ちをする。どうして、こういうときに限って、ろくでもない過去のことばかり思い出してしまうのだろう……と。


物心ついたときからひとりぼっちには慣れていた。

一年前。全寮制のマーシャル学院を平穏無事とは言いがたい形で卒業するまで、黴《かび》臭い伝統とバカバカしいほどの規律に縛られた学院生活を除けば、キースの家庭環境は『無味乾燥』の一語に尽きた。

年中仕事に明け暮れて家庭を顧みない、父親。

欲求不満の矛先を常に外への刺激で紛らわそうとした、派手好きの母親。

その狭間で、身の置き所もなく独り寝の侘びしさだけを味わったあの頃……。

腐るほど金はあったが容姿と氏素性にコンプレックスを持つ——男。

愚にもつかない血統にしがみつく以外なんの取り柄もない——女。

夫婦としてはまさに最低最悪のカップルであった。上流階級という家族の在り方としては特に珍しいことではなかったのかもしれないが。

そんな男と女の結びつきに愛情を求めること自体、無理だったのだ。

父の噂《うわさ》。

母の醜聞。

誰に耳打ちされるまでもなく、七歳の誕生日を迎える頃にはすでに、キースはそういう冷めた目でしか物事を見ることができないようになっていた。早熟すぎたのではなく、そうならざるを得なかっただけ。

求めても得られないものを無理にねだって傷つくことより、何も期待しないほうがいい。それは、キース自身が自分の足で立って歩くための本能的な自己防衛だったかもしれない。

多額の寄付金と広大な敷地内の樹木の壁で一般社会と隔離されたマーシャル学院は、いわば陸の孤島であった。程度と理由の差こそあれ、そこで生活する生徒の大半は血縁者に忌避された境遇の少年たちであった。

もちろん、そんなことを自分から吹聴する者など一人もいなかったが、ゴシップという名の情報とは無縁ではいられない。ごくごく狭い学院生活では、そういう話題ですらもがある種のレクリエーションであった。

いや——知っておくべき情報を知らないでいることは、ある意味、彼らにとっては死活問題でもあった。自分がどこの派閥に属するかということで、学院生活の優劣が決まってしまうからだ。

どんなにすばらしい自然環境であっても人の温もりに飢えた心は癒せない。満たされない。望んでも手に入らない渇望。

寂しさに喉を掻き毟るたびに。失望に胸を喘がせるたびに。それは澱《おり》のように痼《しこ》っていくだけだった。

それゆえ、彼らは他人の感情の機微に対してひどく敏感であった。

過敏であるがゆえの従順と反発。迎合と拒絶。自意識の有無ですべてが決まる。

自分自身の存在意義。その価値観を他人に委ねて安堵《あんど》したがる者がいる。依存することで連帯感が生まれる。よくも悪くも、群れたがる。

かと思えば。力ずくでそれを誇示したがる者もいる。他者を見下すことで、従えることで、優位に立てると勘違いをする。

キースはどちらに転んでも同病相哀れむような付き合い方が、どうしても好きになれなかった。今更他人を当てにする気もなければ、逆に他人に頼られたくもなかった。

だから、常に共通の話題から外れまいと群れたがるクラスメートを冷ややかな目で見据えるだけで、自ら進んでその輪に加わろうともしない。

よく言えばプライドが高く、半面、そんなキースを『協調性のない傲慢な奴』だと悪《あ》し様に言う者もいた。どこのグループにも属さないことは中立を宣言することではなく、ただの異端にすぎないからだ。

誰しも、好んで異質であることを望まない。孤独が耐えがたい苦痛であることを知っているからだ。

そして、怖《お》じる。追いやられた陸の孤島で、自分一人が置き去りにされることを。

だが。キースは独りでいることが寂しいとも悲しいとも思わなかった。もっとも、そんな学院生活が楽しい……などと思ったことはただの一度もなかったが。

規律を重んじる優等生であることに腐心したわけではない。問題行動を起こしてブラックリスト入りをしたくないだけだった。

変に悪目立ちをするのは面倒くさい。言ってしまえば、それに尽きた。

可もなく不可もなく。日々はそうやって過ぎていくのだと、キースは思っていた。少なくとも、その頃は……。

そんなキースの周囲が急速にざわめき始めたのは、高等部へ進級した頃だった。

何事もグループ意識の強かった四人部屋の中等部から、比較的自由な空間が保てる二人部屋の高等部へ。

そこでは、まず何よりも先に、いきなり目の高さが変わることに驚かされる。

ようやく羽毛の生え揃《そろ》い始めた雛鳥《ひなどり》が、ごく間近で、体格的にも顔つきにも一皮剝けつつある雄鳥の存在を強烈に意識させられる瞬間でもあった。

その意味からいけば、キースは確かにまだ尻の青さが抜け切らないヒヨッコであった。ましてや、瞬時に人の目を惹く美貌でもなければ学院側から特待されるような特技に秀でているわけでもなかった。

が——しかし。誰もが一歩下がって見やる特異な存在感は群を抜いていた。

学内では珍しい黒髪に、切れ長の黒瞳。凛《りん》と冴えた双眸は甘さもひ弱さもなく、他人を寄せ付けない。ある意味、排他的な雰囲気は傲慢というよりはむしろ禁欲的な気品すら感じさせて、並み居る上級生たちの目に灼きついた。

庇護欲《ひごよく》を掻き立てるような幼さもガラス細工のような脆《もろ》さも妖しさも、キースは持たない。どちらかといえば、誰にも屈しないという強靱《きょうじん》な精神がその顔つきに表れていた。極端に娯楽の少ない、しかも抑圧された情欲の捌《は》け口に悶々《もんもん》とした夜を過ごす者たちにとって、キースは加虐性を刺激せずにはおかない極上の獲物として映ったのだ。

あの艶やかな黒髪を鷲摑《わしづか》みにして自分の足元に跪《ひざまず》かせたい。プライドを根こそぎへし折ってやりたい。冷え冷えとしたあの黒瞳が苦痛に歪む様を見てみたいッ――と。

華奢で従順なだけの人形とはわけが違う。迂闊に手を出せば反対にスッパリやられてしまいそうな鋭利さが、キースにはある。

だからこそ、キースはそそるのだろう。凜と張り詰めたあのプライドを思うさま踏みにじって蹴り潰してやったら、どれほどの快感だろうかと。

しかし。キースは他人に対してそうであるように、己の観賞価値など一切自覚もしてはいなかった。そんなものが自分にあるなどとは、思ってもみなかった。

誰がキースをものにするか。どうやって堕とすか。どんなふうに屈服させるか。

上級生の間ではそんな冗談ともつかない噂話が、キースの知らないところで挨拶《あいさつ》代わりに平然と囁《ささや》かれていたのだった。

そして、事は起こった。いつ、誰が、どこで、そのきっかけを切るのだろう……と、誰もが興味深げに見つめる中で。

授業が終わって、夕食までの時間を図書館で適当に潰し、キースはいつものように裏庭を通って寮に戻る途中のことだった。その背後から、いきなり力まかせに抱きすくめられるように押し倒されたのだった。

その衝撃に、キースはわけもわからず絶句した。顔も名前も知らないような上級生に、突然こんなふうに力ずくで組み敷かれるような覚えがなかったからだ。

不意を突かれた驚愕は、暴漢者の手がことさらの意志を込めて全身を這《は》いずり回った瞬間、屈辱的な行為に対する憤怒にすり替わった。

眼前が赤く翳み、声にならない罵倒が身体の芯を突き上げる。それだけで身体中の血が滾《たぎ》り、渦を巻いて逆流した。

自分のものではない、荒い鼓動。

雄の情欲だけを孕んだ、熱い吐息。

首筋にむしゃぶりついてくる唇のねっとりした感触に肌が粟立《あわだ》ち、背骨を突き刺すような嫌悪の震えが指先にまで走った。

切れ上がった血の拍動が、こめかみをこれでもかと踏みつける。

嫌悪感でささくれ立った神経の先まで灼けつくような痛憤で喉が焼けついた。

引きちぎられたシャツのボタンが弾け飛ぶ。

その瞬間。キースは眉間《みけん》の芯が焼き切れる音を聴いたような気がして、クワッと双眸を見開いた。

眼底を熱風が刺し貫く。声なき咆哮《ほうこう》が喉を締め上げ、ほとばしる。嫌悪を過ぎて殺気すら孕んで逆巻いた。

色も、ない。

音も、ない。

その果ての、刹那《せつな》の沈黙。

そのとき。キースにむしゃぶりついて離れなかった暴漢者が、突然、

「ギャ〜〜ッ」

悲鳴を上げて仰《の》け反《ぞ》った。まるで、キースが噴き上げる憤怒の炎に焼かれでもしたかのように。同様に、キースの手足を押さえつけて早く自分の番が回ってこないかと舌なめずりをしていた者たちは、ビリビリと痺れるような電撃波を感じ。

「うわッ！」

「ギャッ！」

「ひぃッ！」

その煽《あお》りをくって尻餅《しりもち》をついた。

暴漢者は転げ回る。ヒクヒクと苦悶に顔を引き攣《つ》らせながら。

キースはただ見ていた。荒く肩を喘がせて。わけもわからず、双眸を吊り上げたまま……。

だが、冷たく凍りつくような眼差しで。

キースはその顚末《てんまつ》を誰にも告げなかった。

にもかかわらず、噂はアッという間に拡散した。口から口へと。邪推と誇張と偏見にまみれた無責任きわまりない尾ヒレをまとわりつかせたまま。

そんな好奇の視線が周囲をざわめかせて初めて、キースは自分を取り巻くもろもろのことを

今更のように思い知ったのだった。

成長期特有の、身体の芯が疼くような生理的衝動がないとは言わない。自慰も夢精も人並みに体験したし、はっきり確認したわけではなかったが同性間のそれらしき光景を目にしたこともあった。

だからといって、別にそうしたことに嫌悪もなかった。所詮は他人事《ひとごと》であったからだ。

キース自身は他人が何をしようと興味も関心もなかったし、男ばかりの学院で誰が誰を好きになろうと、本人さえ納得済みならばそれはそれで構わないと思っていた。だが、まさか自分がそういう性的な対象になっているとは思ってもいなかっただけに、さすがのキースもショックは隠せなかった。

物事のきっかけというものは一度堰《せき》が切れてしまえば、あとは流れに巻かれるしかないのかもしれない。

遠巻きに絡みついてくる視線は、どんな言葉よりもはるかに雄弁であった。

もはや、誰がキースを堕とすか……ではなく、周囲の興味はひたすら上級生とキースのスリリングな攻防に集中していた。

キースを狩る。

上級生の間で公然と罷《まか》り通るそれは、キースの人格など頭から無視した、まるで一種の肝試しにも似た過激で淫靡《いんび》なゲームになりつつあった。

つけ入る隙を与えまいとするキースには無視したくてもできない緊張感があり、その一挙一動に目を光らせる者たちには『キースを狩って嬲《なぶ》る』という淫猥な妄想がある。それだけで、学院の雰囲気は異様なほどに張り詰めていった。

そのいたちごっこに嫌気がさして舌なめずりをする連中の獲物になることなど、キースのプライドが許さなかった。

キースが許さないから、相手もいきり立つ。その不毛な繰り返しが今更のようにキースの存在感を際立たせていく。

周囲の思惑を裏切るほど、見事に。語る言葉よりも、鮮明に。そうやってよくも悪くも、キースは磨き上げられていった。ダイヤの原石が光り輝いていくかのように。キース自身、そうと自覚もしないままに……。

そして、一年が過ぎて。

誰にも堕とせなかった──誰一人として『狩る』ことができなかったキースは、やがてその特異な存在感とも相まって『学院の魔物』と密かに畏怖されるようになった。

なぜなら。ゲームという名の下にキースを狩り損ねた者たちはことごとく、なんらかの理由で学院を去る羽目になったからである。

人格破壊《ノイローゼ》による自主退学。

過度の暴力行為による強制退学。

理由なき失踪。

彼らは語らない。教師にも、親にも、友人にも。本当のことは何も……。まるで、口外しないことが唯一の保身の条件であるかのような頑《かたく》なさで。脅えながら、何も語らずに去っていった。不自然な痼りだけを残して。

もう一方の当事者であるキースは沈黙する。興味本位の視線の煩わしさに辟易《へきえき》しての完璧なる黙殺だった。

非を質《ただ》されて出る疚《やま》しさは、何もない。だから、目線は常に前を見据えて揺らぎもしなかった。

誰にも、何も言わせない。その態度は一貫していた。

そうして、先走る噂だけが膨れ上がって更に噂を煽《あお》った。キースが卒業するまで。どこにでもある学院伝説のひとつとして。

卒業と同時にキースはその足で列車に飛び乗り、この町へやって来たのだった。

キースには二人の異母妹がいた。バースデーカードもクリスマスカードも何ひとつキースの手元にはなかったが、上流階級の縮図のような学院には当然のことのように、その手の噂は入ってくる。

キース自身は興味も関心もないが、周囲が放っておいてくれない。

曰《いわ》く。『父親似の不細工』であるとか。『持参金を付けても嫁の貰《もら》い手がないだろう』だとか。

そういうことをあからさまに口にして揶揄《やゆ》る。

キースを直接弄《いじ》っても無視されるので、その代わりに家族を見下す。ありがちだと言えば、ありがちだが。そんなことを平然と口にしている時点で彼らの将来は詰んだも同然であった。

キースは別に親に告げ口をしようなどとは思わないが、家と家との繋がりは無視できない。どこそこの何家の息子がランガー家を貶《おとし》めるような暴言を吐いた。そういう悪評が誰かの口から漏れるのは間違いのないことであった。

ランガー家は確かに成り上がりであるが、押しも押されもしない大富豪である。

自身の生家の威光を笠に着るのであれば、当然、キースが背負っている肩書きにも配慮すべきなのにそこまでは頭が回らない。こんな学院に押し込められている意味も自覚できていないバカな連中など歯牙《しが》にかける必要性も感じないキースであった。

しかし。愛情の一欠片も感じたことのない父親がキースを使い勝手のいい駒扱いをするのも時間の問題であった。なにしろ、キースは唯一の跡取り息子であることに違いはないからだ。当然のような顔で父親が強いるだろう人生のレールの上を走ることなど拒否する。それがキースの決意の表れでもあった。

この街でなら誰に干渉されることもなく、好きな絵を描いて暮らせる。そう、思った。

（おかしなもんだな。ルカ《あいつ》がいるおかげで、変なちょっかいを出されずに済んでるっていうのに、よりにもよって、どうしてあいつのことが気になるんだろう）

どんよりと重いため息が漏れた。そのまま目を閉じると、微睡む間もなく意識はあっさり睡魔の手に落ちた。

告発

「はっ……はあ……ん……あ……」

淫《みだ》らな喘《あえ》ぎが闇を刺す。

「……っ、あ……は……ぅ……」

低く、呻《うめ》き。

高く、掠《かす》れ。

「……ぁ……ンッ……ンッ……」

吐息はとろとろと濡《ぬ》れそぼる。まるで、淫魔《いんま》に魅入られたかのように……。

爛《ただ》れた闇を覆い尽くすのは熟れた鼓動だけ。

思いきりよく足を開き、嬲《なぶ》る。

指で。爪の先で。なぞり、いじり、ひたすら快感を追う。

膝《ひざ》を立て。尻《しり》を突き出して。抉《えぐ》って、挫《くじ》いて、快楽に堕《お》ちる。

淫靡《いんび》な独り遊びは止まらない。

息が上がるほどに喘いでも。眉間《みけん》を歪《ゆが》めて呻いても。見咎《みとが》める者など誰もいない。

クチュクチュ……と、卑猥《ひわい》に肉が擦《こす》れる音がする。

そのたびに、闇は静かに忍び嗤《わら》う。終わりのない快楽に囚《とら》われて肢体をくねらせる哀れな囚人を嘲《あざけ》るように。

「あッ、あッ……く、ゥ〜〜」

喘ぎはやがて掠れた悲鳴となり、小刻みに闇を震わせる。

だが。

——それでも。まだ最後の熱い波は来ないのだと言わんばかりによがり続ける狂態が哀れだった。

⚜⚜⚜⚜⚜

微睡《まどろ》みの中。

それは……。遠く——近く。頭の上でスルリと輪を描くように、抜けていった。

耳慣れた、優しい……囀《さえず》り。

それが、十二年間、朝な夕なに聴かされ続けた賛美歌だと知ってキースはゆうるりと細く息を吐いた。

『主のための新しき歌をひとつ。
琴を鳴らし叫び声を上げて、
想いの丈の新しき歌を。
主の御《み》ことばに偽りはなく、
御わざには翳《かげ》りもなし。

地を満たすのは、
主のいつくしみ……。

御こころは変わることなく、
揺らぎもせず。
幸せなる者たちよ、
主を神と呼ぶ者は』

ゆるゆる……と。

歌は、キースの唇の端を撫《な》でて漏《も》れ落ちる。

とろとろ……とした浅い眠りを薫《くゆ》らすように。

そうして。ふと、気がつくと。なぜか、そこは目に痛いほど鮮やかな色彩の中だった。

見渡す限りの群青《ぐんじょう》。

（あぁ……）

感嘆の吐息まじりにキースは思わず声を漏らす。

視界を埋めつくしてなお、どこまでも果てのない群青は、水平線の彼方で抜けるような蒼穹《そうきゅう》とひとつに溶けて揺れる。燦《きら》めきの粒が歓喜の声を上げてさざめくように……。

初めて目にする光景なのに、なぜか懐かしささえ覚える——既視感。

手持ちの絵の具のありったけを引っかき回しても、こういう色合いは出せないだろう。むろん『感嘆のため息色』とか。『ひと粒混ぜたら千の変化をとげる光の雫《しずく》』とか。『気が遠くなるほど緩やかに流れる時のキャンバス』なんてものがあれば、話は別だろうが。

だから、きっと……。これは夢の続きなのだ。

そう思いながら、キースは素直に口元を綻《ほころ》ばせる。

誰もいない。

誰も知らない。

この息が詰まるような感動は自分だけのためにある。

そう思って瞬きをした瞬間、今度は一転して海に突き出た断崖の上に立っていた。

草も木もない絶壁である。

キースは声を上げて笑った。

（やっぱ、夢だろ。スゴイな。瞬きひとつで、これかよ）

いくら夢とはいえ、あまりのご都合主義に笑いが止まらない。瞬間移動ができるのなら、空だって自由に飛べるのではないだろうか。

ひとしきり笑って、最後のひと笑いを唇の端で噛《か》み殺す。

（賛美歌に、この世のパラダイス……ときて、これであとは天使が出て来てラッパでも吹き鳴らせば、もう完璧なんだけど）

だから、約束された無限の楽園である。まぁ、楽園のイメージは人それぞれだろうが。

思いながら、更に目を凝らす。

夢であるはずなのに、潮の香りが緩く頬《ほお》を撫でる。その、奇妙な錯覚。

いや……錯覚ではない。

感じるのだ。聞こえるはずのない海の鼓動を。清涼な風の匂いを。不思議に冴え渡った五感は、いったい何を意味するのだろう。

断崖の裾《すそ》では荒々しく打ち寄せる波濤《はとう》が絶え間なく、突き出た岩に砕け散る。瞬間、水泡が白く弾けて紺碧《こんぺき》を染めた。まるで刹那《せつな》の花が光り輝くように。

キースは魅入られたように瞬きもせず、じっと見ていた。

すると。なぜか。突然、寒気ともつかぬ興奮が背骨を鷲掴《わしづか》みにした。

チリチリと髪が逆立ち、吐息を煽《あお》り、足の裏までそそけ立つ。

キースは思わずゴクリと息を呑《の》んだ。目も足も砕け散る波の花に誘われるように束の間――硬直する。

次の瞬間。キースは昂《たかぶ》る鼓動ごと、そこからすべてを投げ出した。

目が眩《くら》んだわけではない。

怖《お》じ気づいたわけでもない。

なんと言えばいいのだろう……。そのときキースは、なぜか、いても立ってもいられなかったのだ。

まさか鳥のように自由自在に空を飛べるなどとは思わなかったが、それでも、無性に翔んでみたくなったのだ。

だって、これは夢なのだから。それこそ、なんでもありのような気がした。

グングン加速がついて、岩礁《がんしょう》が大きく眼前にせり上がってくる。

しかし、落ちる恐怖はまるでなかった。それどころか、急降下する快感めいたものが身体の芯《しん》まで貫いた。

ジェットコースターに乗ったときの、あの感じ。ブルリと、胴震いがした。

すると――突然。背骨が剝離するかのような異様な圧迫感を覚え、キースは思わず両手で我が身をかき抱いた。

とたん。目に映るすべてのものが、一瞬、静止した。

いや、静止した……と思った。その瞬間、キースは何もない空間で立ち止まってしまったからだ。

わけもわからず、キースは目を瞠《みは》る。

それも束の間、下から吹き上げる潮風に消し飛んだ。

そしてキースは、迫《せ》り上がる海面が一気に遠くなって初めて知った。自分が今、この空を翔んでいるのだと。

背中で感じる、力強い双翼のしなり。それが錯覚でも幻覚でもないと知り、目の前がいきなりツキンと弾けた。

双翼に大きく風を孕《はら》んで四肢を浮かせ、波濤の飛沫《しぶき》をかい潜って海面すれすれに疾走するときの、熱く痺《しび》れるような魂の疼《うず》き。その陶酔に、

「うわぁぁぁ〜〜〜〜ッ」

身体の奥底から歓喜の声を振り絞った。

——瞬間。

キースは不意に夢から覚めた。

そこが見慣れた自室の天井だと知って。

「なん……だ」

「夢……かぁ」

ひどく落胆する。

それでも。身体の節々にどことなくあの身震いしたくなる躍動感が残っているような気がして、キースは深々と息を吸い、おもいっきり四肢を伸ばした。

空を翔ぶ夢には情緒不安定の気《け》があると、誰かが言っていた。だが、今の気分は爽快《そうかい》そのものだった。

それどころか、昔、人間は鳥だった……というバカげた説も、今なら素直に頷《うなず》けるような気さえした。

(あーゆーのを快感の極み……って言うんだろうな、きっと……)

あれがただの夢だとわかっていても、いまだに指の先までジンジン痺れるような興奮が冷めやらない。

そのせいだろうか。そのままだらだらとベッドにしがみついている気にもなれず、キースは朝食も摂らずに朝の散歩に出かけた。

　午前七時前の大気は肺腑に染み渡るほど清々しかった。

（んー……気持ちいい）

　ごくごく自然に頬も緩んでしまう。

　日曜でもない朝の公園は人影もまばらであった。じゃれ合う子どもたちの笑い声も、ざわめきもない。穏やかで不思議なほどの静けさに満ちていた。

（普段、こんなに朝早く外に出ることなんてめったにないからな。どこを見ても、何を見ても新鮮って気がする）

　キースは深々とベンチに背をもたれ、澄みきった青く眩《まぶ》しい空を見上げた。

（まっ、たまにはいいよな。こんな日があっても）

　大気中に微《かす》かに残る夜の冷気を優しく揉《も》みほぐすかのように、キラキラと陽光が降り注ぐ。今日に限ってそれがこんなにも愛おしく感じることに、キースは軽い戸惑いさえ覚えるのだった。

（すげー、いい気持ち）

　うっすら目を閉じ、腹の底から深く息を吸ってはゆっくりと吐いた。

　嘘《うそ》も、まやかしもない。ただひたすら素直に、そう感じることができた。

　そんな穏やかな空間に一人ゆらゆらと漂っていると。不意に。

「おはよう」

柔らかな声が頭上から絡みついてきた。

つられて目を向けたキースは、それが『イリュージョン』の天使《ルカ》であると知って。

（……ウソ）

思わずまじまじと目を瞠った。

「となり、座ってもかまわない？」

まるで笑えないジョークでも一発カマされたような気がして、キースは微かに唇の端を引き攣《つ》らせた。

ルカは頬に薄く微笑を刷いたまま、待っている。キースの返事を……。

（マジ、かよ）

ぎくしゃくと視線を逸《そ》らしざま、キースはひとりごちる。

そして、居住まいを正してルカを目で促した。

ベンチに座るなり、ルカは親しげに話しかけてきた。

「気持ちのいい朝だね」

「あー……」

「僕は天気のいい日は毎朝、ここに来るんだ」

「……ふーん」

「キースとは初めてだね」

「あー」

「家は、この近く?」

「まぁ……」

そっけないキースの口調に、ルカの唇からそれと知れるほどの苦笑が漏れた。

「なんだよ?」

キースがムッと視線を跳ね上げることすら予感していたかのように、

「ごめん……。気を悪くした?」

そっと流し見る。どこまでも優しいだけの色合いを込めて。

「ちっとも会話にならないから、つい……。キースっていつもそうだよね。僕が話しかけても、すぐに睨《にら》むし」

キースは苦々しく唇を噛んだ。

「睨んでねーよ」

「そうかな?」

「苦手なんだ。こういうふうに顔を突き合わせて話すのが」

ずっと一人だったから、他人とのコミュニケーションの取り方がよくわからない。それに尽きた。

「なんだ、そうなの？　よかった。それを聞いて、ちょっと安心しちゃったな、僕」

露骨にホッとしたようにルカが言った。

なんで？

声に出さず、キースはむっつり眉《まゆ》を寄せる。

すると。ルカは、はにかむように足下へ目を落とした。

「だって、君、もう半年にもなるのにちっとも打ち解けてくれないから。もしかして、僕、嫌われてるのかなぁ……って」

キースはわずかに目を瞠る。

「あんたを嫌いになる奴なんて、いやしないだろ」

本音がこぼれまくりだった。

「そんなことないよ。僕は……友達っていないから」

「はぁ？」

常連たちの優しく淫らな視線の中でひときわ優雅に泳ぎ回っているルカの口から、まさかそんな言葉を聞こうとは思ってもみなかった。

（何言ってんだ、こいつ。あれだけモテまくってるのに……。俺をバカにしてんのか？）

つい、視線が尖《とが》る。

「だから、キースが友達になってくれると……嬉《うれ》しいかな」

「……俺？」

なんで、いきなり、そういうことになるのか。

（タチの悪いジョークで俺を引っかけようとしてるわけじゃ……ないんだよな？）

しばし、ルカを凝視して。困惑する。

「……ダメ？」

真剣な眼差しだった。

「お願い」

駄目押しをされて。キースの視線がわずかに泳いだ。

（そんなこと、いきなり言われても……困る）

いつもでさえ重い口が更に強ばって何も言えないキースだった。

今までは、誰にどう思われようと少しも気にならなかった。なのに、なぜだろう。キースは言葉にならないもどかしさを噛み締めて黙り込んだ。

その肩先で、ルカが穏やかな微笑を返す。いつもよりずっと儚《はかな》げなものを込めて……。幸か不幸か、それがキースの目に触れることはなかったが。

しばらく自分の足下を凝視していたキースは、顔を上げてボソリと漏らした。

「俺で……いいのか？」

「うん。君がいいの。僕はキース、君と友達になりたい」

ルカが真摯《しんし》に口にする。

「なんか、よくわかんないけど。あんたがそれで構わないんなら……いいぜ?」

「ホント?」

「あー。ただし、『イリュージョン』の外でなら、だけど」

そこはきっちり口にする。

「もちろんだよ」

即答して、思わずルカはキースの手を握りしめる。

「ありがとう、キース」

「お…おい」

ルカの指のしなやかさに、キースはわけもなくドギマギした。

「僕、すごく嬉しい」

予想外のルカの感激ぶりに押されまくって、キースは更に困惑する。

(だからぁ、いいかげん手ぇ離せって)

いつもとはまったく違うルカの一面を見せつけられて、キースはなんだかすっかり調子が狂ってしまった。

それでも……。二人を取り巻く陽光は穏やかで、限りなく優しかった。

その日のことがきっかけになって、キースが生活のリズムを変えたわけではない。が……なぜか、惹《ひ》かれるものがあったのだ。それ以後、キースは、思い出したように朝の散歩を楽しむようになっていた。

しっとりと清々しい朝陽の中では何も取り繕う必要はなかった。見方を変えれば、そこは素のままの自分をさらけ出せる唯一の場所であったのかもしれない。キースにとっても、ルカにとっても。

陽光は誰も拒まない。何も、否定しない。あるがままに、優しく二人を包み込むだけ。

だから、であろうか。

人なつっこいルカの声音も、笑顔も、『イリュージョン』で見せるさりげなさとはまた一味違ったものがある。変にベトつかず、さらりとしたその感触は、不思議なほどすんなりとキースの心に絡んでくるのだった。

そして、キースは知るのだ。人と人との触れ合いには、常識もなければマニュアルもない。ただ、互いを尊重し合うだけでいいのだと。

長い間用をなさなかった心の歯車のサビが落ち、ぎこちなくではあるが滞っていた感情の端々にまでゆうるりと血が通い出すような、そんな錯覚すら抱かせるのだった。

それまで人物画など見向きもしなかったキースのスケッチブックは、日ごとルカで埋めつくされていく。

いいや。それは、ルカであってルカではなかった。荒い線に浮き彫りされる天使の肖像は、キース自身が今まで冷めた心の奥底に封じ込めてきた『想い』そのもののようでもあった。

混濁した意識の端から、思わず声が漏れた。
「は…ふう………」
熱い……。
浅ましいほどに熱く熟れた淫らな吐息だった。
それだけで喉《のど》が、唇が灼《や》けた。
なのに、手の中のモノは弾ける気配すら見せない。
強く、揉んで。
きつく扱《しご》いて。
先走りの淫液が指をしとどに濡らしても……イケない。
後孔に深々と差し込んだ二本の指でおもうさま秘肉をかき回しても、まだ足りない。
そう。タリナイっ！

（……れ、か……。だれ、か――吸って……。吸って、よぉ……）

はちきれんばかりに張りきったものをシーツにこすりつけながら哭《な》く。

誰も知らない。自分の、こんな浅ましい姿は。

誰にも知られたくない。自分が、こんなにも淫乱な奴だとは……。

だから。声を殺して哭くよりほかに術《すべ》がない。

それでも、熱く火照《ほて》った身体が啼《な》くのだ。切羽詰まった悲鳴を上げて……。

誰か――吸ってッ。

誰か――挿《い》れてッ。

誰か――突いてッ。

深く。強く。握って。捻《ねじ》り込んで。抉ってッ。

だれ、か……。

誰かぁ～～ッ！

⚜⚜⚜⚜⚜

時刻《とき》の鼓動は変わらない。いつも規則正しく、きっちりと秒刻みで流れていく。うんざりするほど熱い夏の盛りを過ぎてしまうと、日々はあっという間に季節を駆け抜けていくのだった。

その夜。

食う。飲む。話す。笑う。いつもは常連で埋まる『イリュージョン』のカウンターの一角に、見慣れない顔がひとつあった。

連れもなく、華やぐ笑い声にも、その場の雰囲気にも染まらず、男は一人で静かにグラスを傾けていた。

いつものように洗い物をしながら、キースはチラチラと男を見ていた。なんとなく気になって。

(なんか、珍しいよな。まるっきりの新顔。初めて来て即カウンター席をゲットなんて、スゲー強運の持ち主だったりして?)

思うことは同じなのか。常連客たちも男を見やってヒソヒソとざわめいていた。

だらけも甘えも許さないような、鋭利にすっきりと引き締まった容貌《ようぼう》だった。きつすぎるほどの印象を、緩くウェーブのかかった長髪が唯一和らげている。年齢はたぶん三十代前半というところだろう。二十代にしては妙に落ち着きすぎているし、なんだか、変な威圧感すらあった。

「バーボン。もう一杯。ロックで」

飲み方も堂に入っている。

だが。連れのない新顔ということもあってか、男は誰が見ても完璧に浮いていた。

もっとも。男自身は周囲が感じているほどには他人に関心がないのか。あるいは、そういう視線には慣れているのか。グラスを握る手には、いささかの揺らぎもなかった。

だが。キースは知っている。男が平然と無関心を装いながら、その実、カウンター越しにやり取りされる会話にじっと聞き耳を立てていることを。

そう……。男はときおり、グラスを弄《もてあそ》びながら、ゆったりと視線を浮かしてルカを流し見ることがあった。それも、キースが思わず眉をひそめずにはいられないほど険悪な目付きで。

かと思うと。双眸《そうぼう》はグラスに落としたまま、誰かがルカを『アンジュ』と呼ぶたびに嘲笑《ちょうしょう》ともつかぬ冷ややかな笑みを唇の端に浮かべるのだった。

（なんだよ、こいつ……）

そんなものだから、キースは自然と男から目が離せなくなった。

どこか刺々《とげとげ》しささえ孕んだその冷笑は、本音とジョークが絡み合って上がる陽気な笑い声の中にあってはどこか不気味な異質感すらあった。

そうやって幾度目かの冷笑を這《は》わせた後、不意に男は。

「天使……とは、な。笑わせてくれるぜ、まったく」

ひとりごちるにしてはしごく明快な口調で言い放った。

それを聞き咎めて思わず男を見据《みす》えた者は、おそらく、両手の指の数でも足りなかったに違いない。

「おい、そこのおまえ。今、なんか言ったか?」

常連客の中ではもっともルカに執着を見せているロディーが声音低く男に詰め寄ると、とぐろを巻いた紫煙さえもが一段と重みを増した。

男は、そんなロディーをことさら挑発するかのようにニヤリと笑った。

そして、手にしたグラスを弄びながら更に平然と吐き捨てた。

「天使が聞いて呆《あき》れる……って、言ったのさ」

ロディー以外の常連客たちも一斉に気色《けしき》ばむ。そんな剣呑《けんのん》さに呑まれることもなく、男は彼らを焦《じ》らせるような手つきでゆっくりとグラスを干した。

「小悪魔が、いつから天使の肩替わりまでするようになったのかと思ってな」

毒を孕んだ口調は止まらない。

ロディーの眦《まなじり》が細く切れ上がった。

「誰のことだい、その小悪魔ってのは」

「あんたらが『アンジュ』って、崇め奉ってる奴のことだよ」

男は容赦なかった。

「なぁ、ルカ」

不意にその目を向けられて、ルカはピクリと眉を寄せた。単なる嫌がらせでもブラックジョークでもなさそうな双眸のきつさに見覚えがあるわけではなく、ルカは困惑しきっていた。

ルカは、男を知らない。

だが。男はルカを知っていて、しかも名指しでコケにしているのだ。

いったい——なぜ？　なんの目的で？

そのギャップが鮮明すぎて、どう対処すればいいのかわからない……というのがルカの本音だった。

(誰だよ、こいつ。マジでルカに喧嘩《けんか》を吹っ掛けるつもりなのか？　……なんで？)

ただの無謀ではなく、確信犯。それも極めつけに厄介な。そう思った。

「同じ天使は天使でも、その可愛《かわい》い面で男をタラシ込んで骨抜きにする性悪な堕天使の間違いだろう？」

口調はあくまで穏やかだが、ルカを見据えた視線の鋭さは根に激しい怒気すら感じさせた。

そうやって彼が吐き出す言葉の毒々しさにいつしか話し声も途切れ、店内は重苦しい沈黙にすっぽり落ち込んでしまっていた。

(これって、ちょっとヤバイんじゃないか？)

思った、とたん。ロディーたち常連組がスツールを降りて、男にガツガツ詰め寄った。

「出ろよ。話は、外でつけようぜ」

「怖いな……」

嘯《うそぶ》くように言い捨て、男は小さく肩を竦《すく》めてみせた。

（うわぁ……。こいつ、マジでタチが悪すぎるだろ。ミエミエの挑発カマしてやがる）

薄い唇に刻まれた冷ややかな嘲笑が、言葉とは裏腹のふてぶてしさを覗《のぞ》かせる。

たぶん、かなりの場数を踏んできたであろう余裕が吐かせるのだろう。きっと、腕っ節にもそれなりの自信があるに違いない。

ロディーたちを小バカにしているとしか思えないその言い様は、常連客の怒りを煽るその一方で不気味なほどの落ち着きぶりを感じさせた。

すでに皆の前で啖呵《たんか》を切った手前、ロディーは引くに引けなくて。

「とっとと、出ろ」

彼の胸元を摑むと無理にでも引きずり出そうとした。

「意気がるなよ。あいつに、ここでいいとこ見せたいっていうあんたの気持ちはよぉくわかるけど、な。でも、まぁ、無駄なことは止《や》めたがいいんじゃないか？」

「なんだと、このヤローっ！」

「ルカのほうで、お呼びじゃないとさ」

あからさまな嘲笑に、ロディーの顔面にカッと朱が散った。

「よせッ、ロディー！」

「おい、やめろッ！」

今にも男に殴りかからんばかりに激昂《げっこう》するロディーを、マッシュとラウルが二人がかりで引き離す。

さすがに店内で暴力沙汰《ざた》はマズイ。これ見よがしの挑発云々は別にして、喧嘩は先に手を出したほうが負けなのだ。その自制がきいた分だけ、二人はまだまともだった。

そのまま宥《なだ》めすかされるように自分のスツールまでずるずると押しやられたロディーは、いまだ憤怒の冷めやらぬ荒々しさで一気にグラスを呷《あお》った。

「ちょっと、あんた。何様か知らねーけど、いいかげん口がすぎるんじゃねーか？」

不機嫌に眉を寄せ、別の常連客が男を咎めた。皆が同じ気持ちだったに違いない。ルカに対してどんな因縁があるのかは知らないが、皆が楽しく飲んでいる場で汚い唾を吐きかける行為は醜悪なだけだった。せっかくの気分を台無しにされて、他の客も憤慨している。

しかし。彼は歯牙《しが》にもかけない顔つきで、改めてルカのほうへと向き直った。

「小悪魔は、いつだって極上の笑顔を振りまきながら人の心に付け入るもんなのさ。なぁ、そうだろ？　ルカ。――で？　おまえが狙《ねら》ってる次の獲物はそこの黒髪のボーズか？」

それまで。事の成り行きをじっと見つめていたキースは、男にいきなり視線で名指しされて思わず目を瞠った。

――いや。キースだけではない。ルカもギョッとしたように声を呑んだ。

「二人して仲良く朝のデートってのが、今度の手なわけ？　おまえにしちゃあ、えらくぬるい真似《まね》してるじゃねーか。それとも……それだけ手間暇かけても構わないほど堕としがいがあるってのか、そこのボーズは」

先ほどまでとは違った沈黙が落ちた。皆の視線が一気にキースに集中して、ざわめいた。

（どうして、それを？）

誰も知らない秘密をいきなりすっぱ抜かれて、ルカは顔面を硬直させた。

（こいつ……。なんで、知ってるんだ？）

キースの警戒心は一気に跳ね上がった。

（いったい……この人は、誰？）

まったく見覚えのない男の突然の糾弾《きゅうだん》に、ルカは困惑をすぎた不穏なものを感じないではいられなかった。

（こいつは、どうして、あんな憎々しげにルカを見るんだ？　ルカと……何があったっていうんだ？）

ルカとの朝イチのひとときは、別に隠していたわけではない。誰も聞かなかっただけのことだ。聞かれもしないことを自慢げにベラベラしゃべる必要はない。

――けれども。

「ヤメとけよ、ボーズ。命が惜しかったらな。なぁ、ルカ。アレクは……死んじまったぜ」

最後の言葉を吐き出した男の双眸が抑えきれない憎悪に歪む。

その瞬間、ルカはまるで頭から落雷でも喰らったように蒼《あお》ざめて立ち竦んだ。

(ア…レク、が……死んだ?)

その衝撃に顔面からザッと血の気が引いた。常に笑みを絶やさなかったルカが初めて見せたその顔つきに、常連客たちも不穏なざわめきを隠せなかった。

「おまえに魂まで魅入られて、酒と麻薬《ドラッグ》にどっぷり浸かって身体も心もボロボロになった挙げ句に、とうとう野垂れ死にやがったよ、あいつは……」

食い入るようにルカを見据える男の視線が容赦なく弾劾する。その責任は、すべておまえにある――と。

ルカは……。ただ打ちのめされたように項垂《うなだ》れていた。きつく……きつく嚙み締めた唇の端から苦しげな吐息を漏らしつつ。

一度も声を荒らげることなく、それでいて、たっぷりと劇薬を含んだ辛辣《しんらつ》な口調。男の双眸の険しさは心の奥まで射ぬくような冷酷さがあった。

束の間、キースは凍りつく。彼の背中から、蒼ざめたプラズマがバチバチと音を立てて揺らいでいる様を目の当たりにして。

(ウソ……だろ)

こんなことはあり得ない。

だから、ただの幻覚だと思った。男が憎悪を剝《む》き出しにしてルカを冷罵《れいば》するから、そんな錯覚を起こしたのだと。

激しく鳴り響く胸の鼓動が膨《ふく》れ上がって喉元を締めつける。その息苦しさに耐え切れず、キースは思わず目を閉じた。

そして。なんとか息を整えて恐る恐る目を開いたとき、そこには何もなかった。ただ重苦しい沈黙が深々と横たわっているだけだった。

キースはホッと胸を撫で下ろす。やはり、ただの目の錯覚だったのだと知って。

それでも、狂ったようにわめき散らす耳鳴りは消えない。まるでひっきりなしに警鐘を打ち鳴らすかのように、それはキースのこめかみをキリキリ締めつけるのだった。

《愛してるんだ》
搔《か》き口説くように男は言った。何度も、何度も。苦汁に唇を嚙み締めながら……。

《行かないでくれッ、ルカぁッ》

縋《すが》りつくように彼は繰り返す。ただ、それだけを。手に足に、狂おしいほどの熱いキスを込めて。

《俺を……俺、を……捨てるのか？》

あの人はそう言って泣き崩れた。聞き分けのない子どものように、声を荒らげて……。

（違う……）

（そうじゃない）

（どうして、わかってくれないいんだろう）

いつも。

——いつも。

同じことの繰り返し……。誰も、わかってくれない。本当のことは、誰も。

好きなのに……。嫌いになんかなれるはずがないのに……。なのに、誰も——ルカを満たしてはくれない。

愛して。愛されて。温もりを分け合って。貪《むさぼ》るようにセックスをして愛を確かめ合った。なのに、愛し合えば愛し合うほど、ルカの心も身体も底なしに餓えていった。

なぜ？

どうして？

わけがわからない。

わかっているのは、愛してしまうと駄目になるということだけだった。

最初は、この人ならば大丈夫。……そう思うのだ。だが、最後はいつも駄目になる。

相手がどんどんルカに依存して、束縛して、すがりついて抜け殻のようになる。その愛の重さに、ルカは耐えきれなくなるのだ。

愛したことが罪なのか。

それとも。愛される日々の重さを、人は『堕落』と呼ぶのか。

満たされない――欲望。

癒《いや》されない――孤独。

愛を貪り尽くすほどに渇いていった。心が……疲弊していった。

そのうち、本気で人を愛することが怖くなった。愛されることに怯《おび》えた。自分が災厄を撒《ま》き散らすだけの魔物のように思えて……。

だから。いつも、いつも……夢を見ていた。

いつか。誰かが。きっと、自分を救ってくれる。そんな、虚しい夢を……。

思っても叶《かな》わないことだから、それは夢なのだと思った。だが。夢は、強く……強く願ってさえいれば叶うものなのだと知ってしまった。たとえ、それが身勝手なただのこじつけであろうとも。

見つけてしまった。出会ってしまった。彼《キース》という存在に。

なのに……。

どうして今になって、過去が取り縋ってくるのだろう。まるで、忘れることは許されない
……とでも言いたげに。

忘れてはいない。

忘れられるわけがない。

許されるとも、許されたいとも思っていない。その自覚がルカにはあった。愛する罪と――

罰。愛されることの苦痛と――飢餓。

けれども、なぜ。見知らぬ他人に過去を糾弾されなくてはならないのだろう。

あの男はなんの権利があって、自分からささやかな希望すら奪おうとするのか。

イヤだッ。

――嫌だ。

(壊さないで)

ルカは願う。

(奪わないでッ)

ルカは祈る。心の底から。

(僕を独りにしないでッ!)

どこにいるのかもわからない神に。


その夜。

キースはなかなか寝つけなかった。

『イリュージョン』でのことが、瞼《まぶた》にくっきりとこびりついて離れない。

誰にでも平等に、極上の笑顔をふりまく天使が泣いていた。声には出さず、ひどく傷ついた目をして。

初めて見た。あんな辛《つら》そうなルカの顔は。

(アレクって……誰?)

気にならないと言えば嘘になる。

けれど。今の今、それはどうでもよかった。ルカのことが心配だった。

男は、ルカの本性をバラすという爆弾を投げつけたことで気が済んだのか。それとも、ルカの青ざめた顔に少しは溜飲《りゅういん》が下がったのか。あのあと、『イリュージョン』の雰囲気がすこぶる悪くなったことなどまるで興味も関心もないと言わんばかりの顔でさっさと出ていった。

(二度と来るんじゃねーよ、バカヤローッ)

最後の最後、キースは恨みがましさ全開で睨み付けてやったが、男は平然としていた。

はっきり言って。その後のルカはショックありありでまるで使い物にならなかった。誰も、フォローのしようもなかった。

ブチまけられたことが事実なのか、どうなのか。誰一人としてそれを口にするものもなかった。店内では、猜疑《さいぎ》と沈黙の嵐が吹き荒れただけだった。

(ホント、疲れた)

思い出すだけで、やたら疲労感が増した。

何度寝返りを打っても、そのたびに口を突いて出るのはどっぷりと重いため息ばかりであった。

それでも、ようやくウトウトしかけたとき。キースは闇の中、独り嗚咽《おえつ》を噛み締めて双翼を震わせる『天使』に出会った。

なぜ、天使の姿なのかはわからなかったが。天使なのだからそれはルカなのだと、キースはなんの疑問もなくそう思い込んだ。

とめどなくこぼれ落ちる涙の雫。その一粒一粒が淡く燦めいて闇に溶けていく。

それが言葉にならない痛みの波動を生む。ゆらゆらとささめいては、きつくキースの胸を締めつけるのだった。

（泣くな……泣くなよ）

あまりの痛々しさに、かける言葉も掠れてしまう。

それでも何かせずにはいられなくて、その肩を強く抱きしめると、ふと天使が顔を上げて驚きの眼を瞠った。

それは、ルカではなかった。

潤んだ眼差しを向けたその顔は……。

――その顔は？


その瞬間。

ヒクリ――と。

喉の奥が引き攣るような痛みを覚えてキースは跳ね起きた。

目に映るのは見慣れた自室の天井。

（夢……かぁ……）

ふうっ…と。一息深く、わけもわからずため息を漏らす。

乾いた唇を何度も舌で湿らせて、ふと気づく。頰の冷たさに……。

そうして、キースは知るのだ。あれは夢ではなく、今の今まで自分は泣いていたのだと。

なのに。キースは思い出せなかった。その痛みがなんであるのかを……。


翌朝。

大気はまだ、冷たく張り詰めていた。肌にふれると、チクリと刺すような痛みがある。

キースは何かに背中を押されるように足早に公園へと急ぐ。そこには、いつもと変わらないルカの姿があった。

（ルカだ。来てる。……よかった）

双眸でルカをしっかり捉《とら》えて初めて、キースはぎくしゃくと頬のこわばりを解いた。

そんなことはおくびにも出さず。

「おはよう」

先に声をかける。

ルカは一瞬ビクリと頭を跳ね上げ、無理やり取ってつけたように微笑を返した。

「おはよう、キース」

「今日は、いつもより早いな」

もしかして、ずいぶん前から来ていたのではないかと思う。だいたいキースはいつも時間通りなのだが、今日はどうしても気が急いて早めにアパートを出たのだった。

「……うん。もしかしたら、今朝は……会えないんじゃないかって思ってた」

声にも、いつものハリがない。目も充血している。思うことがありすぎて、昨夜はほとんど眠れていないのかもしれない。

「なんで？」

「昨晩《きのう》の今日……だし」

そう口を濁して。

「君にまで、すっごい不愉快な思いさせちゃったから」

今更のように目を伏せた。

「別に、気にしてやしないさ。昨日初めて見た他人になんか言われて落ち込むほど柔《ヤワ》な神経してるわけじゃないしな」

混じりけなしの本音である。

「でも……」

言いかけて、ルカはふと口を噤《つぐ》む。下手な言い訳をすればするほど墓穴を掘ってしまいそうで怖い……そんな顔つきだった。

キースは無造作に肩を並べてベンチに腰を下ろし、

「いつまでもシケた顔してんなよ。そんなの、らしくないぜ？」

軽くルカの膝を叩《たた》いた。

「……そ、だね」

ポツリと、ルカが漏らした。

誰にでも、人に知られたくない秘密のひとつやふたつはあって当然である。過去を曝《さら》け出しても得るものなど何もない。失うばかりだ。キースはそう思っている。

(俺だって、いまだに実家の話はしたことがないし。こんなところで独り暮らしをしている理由も言ってない)

知りたくないことや聞きたくないことでも、一度でも耳に入ってしまえばそれなりに心が揺れる。ましてや、本人が背負いきれない悩みなど他人が肩替わりできるはずもない。ただの噂《うわさ》話ならば所詮他人事《ひとごと》だと割り切ってしまえるが、面と向かって真剣に人生相談などされても困るだけだろう。

たとえ相手がルカであっても、キースはそこまで深く他人に関わりたくなかった。

どうでもいい赤の他人と友人との境界線。その線引きは明快だ。言ってしまえば、優先順位の差であるからだ。

ルカはキースにとって初めての友人である。

だが。それでも。適度な距離感は保っておきたい。信頼の問題ではない。そこがキースにとっては譲れない一線なのだ。

(知らなくてもいいことなら、知りたくない。目に見えることだけが真実とは限らないし。中途半端な気持ちでルカのプライバシーを覗き見なんかしたくないって)

自分のことしか考えていない、冷たい人間だと思われてもいい。それが、キースなりの信条だった。

いつもと同じようで、どこか質の違う朝のひとときが過ぎていく。

キースにしろルカにしろ、それに触れない限り、この貴重な時間を共有できるのだという思いが暗黙のうちに成立しているかのようであった。

「じゃ、またな……」

「……うん。ありがとう、キース」

その言葉を交わして互いが背を向ける。

それが、今日一日の始まりになる。

昨日までは、そうであった。これから先も、そうでありたいとキースは思う。

過去などいらない。二人にとっては、今現在――居心地のいい時間を共有することができれば、それだけでよかった。

キースはジャケットのポケットに両手を突っ込んだまま、ゆったりと歩く。公園の出入り口近くになると車道の喧噪《けんそう》が聞こえてきた。朝の通勤ラッシュが始まったのだ。それも、いつものパターンであった。

——と。突然、行く手を遮《さえぎ》るように立ち塞《ふさ》がった男がいた。

「よぉ、ボーズ。おはようさん」

それが、騒がしいが陽気な『イリュージョン』の様相を一晩で覆すようなセンセーショナルな爆弾発言をした張本人だと知って、キースは露骨に眉を寄せた。

「ルカなら、もう帰ったぜ」

そっけない言葉の端にこもる嫌悪をキースは隠そうともしない。

そんなキースをはぐらかすようにブルゾンのポケットから煙草《たばこ》を取り出し、男は手慣れたしぐさで火をつけると一息吸った。

(ホント、嫌味なヤローだよな)

どこの誰かは知らないが。——知りたくもないが。人の気持ちを逆撫でにすることにかけては達人かもしれない。

「それとも。俺に、なんか用でもあるのかよ」

結局、無言の睨み合いに負けたのはキースだった。

「もう一度、はっきり忠告しといてやろうと思ってな。ボーズにはまだあいつの怖さがよくわかっていないようだから」

男はそれと知れるほど眼力を込めた。それだけで、印象がガラリと変わる。どうやら、こっちのほうが素であるらしい。

「俺が誰と付き合おうが、あんたにあれこれ言われる筋合いはないと思うけど？　それに、人のことをボーズ呼ばわりするほどオッサンには見えないぜ、あんた」

男は喉の奥で小さく笑った。

「年上の親切は、素直に聞くもんだぜ？」

「胡散《うさん》臭い親切の押し売りはいらない。迷惑なだけだ」

ピシャリと言い放つ。

歯に衣を着せない言い様が気に障ったのか、男はくわえ煙草のままジロリと睨んだ。

キースは知らず舌打ちを漏らした。

男が醸し出すものに怖じ気づいたわけではない。避けて通りたいトラブルに足首を摑み上げられたような気がしたのだった。

（よりにもよって、なんで俺なんだよ？）

思わず、そんな愚痴《ぐち》が唇を突いて出そうになる。

こんな展開などキースは望んでいない。不意打ちの待ち伏せなんて、最低最悪であった。

これ以上、変に男と関わりたくもない。はっきり『迷惑』だと言っているのに、男は引く気などさらさらないらしい。

（どういう神経してるわけ？）

できれば、このまますんなりと別れたい。でなければ、嫌でもルカの過去に引きずり込まれてしまいそうな気がした。

その思いに駆られて男の脇を足早に抜けようとした、瞬間。思いがけないほどの力強さでがっちり右腕を摑まれ、キースはピクリと嫌悪の視線を跳ね上げた。

「離せよ」

男は眉ひとつひそめない。凄《すご》みのある冷気をまとわりつかせたまま、平然と言い放った。

「朝イチのデートは終わったんだろ？　だったら、少し付き合えよ。モーニング・コーヒーくらい、奢《おご》るぜ？」

「相手が違うんじゃねーの？　あんたに興味はないって言ってるだろ」

おもいっきり毒突く。

束の間の睨み合いがあった。

キースには探り合う腹などないのだ。男が一方的に絡んでいるにすぎない。

二人の間で張り詰めたものは微塵《みじん》も揺らがない。それどころか、男はキースの腕を摑んだまままこれ見よがしにゆったりと煙草を燻《くゆ》らせた。

「俺は、もともと根がお節介にできてるんでな。嫌でも聞いてもらうさ。それとも……怖いのか？　あいつの本性を知るのが」

挑発じみた誘いを唇の端にのせてニヤリと笑う。なのに、目は少しも笑っていない。

（…ったく、しつこいな。こういう変な奴には関わり合いになりたくないのに……）

森閑とした朝の空よりもなお深い蒼眸が、なぜかキースを呪縛《じゅばく》する。

男の手を振り切るのはたやすかった。

だが。そうすれば、男はもっと依怙地《いこじ》になって付きまとうだろう。どっちにしても、キースにはありがたくない話だった。

「なら、モーニング・コーヒーの分だけ付き合ってやるよ。ただし、一回こっきりだぞ」

目で口で、強く念を押す。

男は煙草を捨てて爪先で踏み潰《つぶ》した。

「んじゃ、まぁ、なんだ。順番が逆になっちまったけど。俺はダニエル。ダニエル・カサス。よろしくな」

「キース。キース・ランガー」

名乗られて黙っているわけにもいかず、キースはぶっきらぼうに返した。

✝✝ 淫欲 ✝✝

ルカは見ていた。双眸を大きく見開いたまま。ビリビリと気を張り詰めたキースの背中越しに、男《ダニエル》の冷たい顔つきを。

いつものようにキースと別れ、歩き出したとき、ルカはふと後ろ髪を引かれて振り返った。

もしかしたら、虫の知らせ……というやつだったかもしれない。

そして、見てしまった。男がキースに絡むのを。

(やめてよッ!)

思わず口から漏れそうになる悲鳴を、ルカはかろうじて呑み下す。それでも、握りしめた拳《こぶし》の震えは止まらなかった。

キースの背中の緊張は解けない。

なのに、男はさも余裕ありげに煙草さえ燻らせている。

何をしゃべっているのだろう……。

この距離では遠すぎて、二人が何をしゃべっているのかもわからない。

だから。不安は底なしの怖じ気を煽ってルカを金縛りにする。今更のように……。

(なんで？　どうして、キースなの？)

文句があるのなら、自分《ルカ》に言えばいい。男とアレクの関係がどういうものであるのかはわからないが、自分が男に相当に酷《ひど》く憎まれているのはよくわかった。

それをぶつけて鬱憤《うっぷん》を晴らしたいのなら、責めたいのなら……ルカにすべきだろう。キースにはなんの関係もないのだから。

なのに……どうして？

ルカではなくキースにまとわりつくのか。意味がわからない。

(キースを巻き込まないでッ)

それだけがルカの願いだった。

木々の陰に身を潜め、ルカはじっと息を殺す。双眸を見開いたまま、まるで、足に根が生えてしまったかのように。

そうして、昂る鼓動の荒さに視界を灼きながら何度も繰り返す。

ヤメテ……。

モウ何モ言ワナイデッ。

ソレ以上、きーすニ……マトワリツカナイデッ！

バクバクと逸《はや》る鼓動に押しまくられて、心臓が痛い。

頭がグラグラになって、吐き気さえしてくるのだった。


車は走る。冷たく張り詰めた大気を裂くように。

運転席のダニエルは前を見据えたきり、チラリともキースを見ない。

同様に。窓の外に目をやったきり、キースも沈黙を破らない。

そうやって、奇妙な静寂だけを孕んだまま車はひた走る。

街を抜け。

河を渡り。

黄落《おうらく》の雑木林の中をどこまでも、車は貫き走る。

やがて車は舗装もされていない山道を右に折れ、左に曲がり、コテージ風の家の前にゆったり横付けされた。

(どこだよ、ここは。俺はモーニング・コーヒーだけ付き合うって言ったんだぞ。なのに、こんな山の中のコテージまで連れてきやがって……)

内心、ダニエルへの罵倒が止まらない。

ダニエルのことを決して信用していたわけではないが、変な意味での危機感はなかった。だから、促されるままに車に乗ったのだが……。

――騙《だま》された。

まさに、それが本音だった。

「入れよ」

促されて中に入ると、何よりも先にマントルピースの上に飾られた一枚のポートレートに目がいった。

瞬間、キースは声を呑んだ。

(あれって……ルカ、だよな?)

語りかけるような眼差しで、ルカが鮮やかに微笑《ほほえ》んでいる。無垢《むく》な輝きが溢《あふ》れ出るような至上の笑みであった。

紛《まが》い物ではない魂の輝き。

キースは人がこれほどまでに暖かく、柔らかに、こうも美しく微笑する様を見たことがなかった。もしも、この世に『天使』という奇跡が本当に存在するのなら、きっと人はこの微笑みにそれを重ねて賛美するに違いないと思った。

『イリュージョン』でカウンター越しに見せる笑顔とは明らかに質が違う。

あちらは配慮のこもった笑顔だったが、こちらは情愛に溢れている。このポートレートの撮影者とそういう関係にあったことが一目瞭然《りょうぜん》だった。

だから、だろうか。見惚《みと》れるというよりはむしろ別の意味で心を鷲掴みにされたような気がして、キースは食い入るように凝視し続けた。

ポートレートに焼き付けられた強く激しい想いの波動すら感じて、なぜか、一瞬——足が竦んでしまったのだった。

錯覚？

幻覚？

それとも——妄想《もうそう》？

わけのわからない鼓動の速さに目を瞠って、ふと……思う。そういえば、これと同じようなことが前にも一度あったなと。

キースは半ば無意識に、唇を噛み締める。ルカの笑顔をじっと見据えたまま……。足元の、今ある現実が不意にぼやけてしまいそうな気さえして。

そのとき。

「コーヒーが淹《はい》ったぜ」

ダニエルの声に弾かれて、ようやくキースはハッと我に返った。

それでも。トクトクトクトクトクトク………。心臓を締めつけるような拍動は止まらない。

（なんか……気持ちが悪い）

胸に巣くう不安じみた想いを切って捨てるように、キースはおもいっきり深々と息を吸って――吐いた。

そのままソファーにどっかり腰を落としてコーヒーを一口飲むと、ようやく落ち着いた気分になった。

「どうした？　魂まで持って行かれちまったような顔だな」

何に――とは問わず、いきなりそんなふうに図星を指されてキースはピクリと片眉を吊《つ》り上げた。

「……穢《けが》れなき天使」

ことさらに抑揚を抑えた口調だった。

「え――？」

「このポートレートのキャッチフレーズだよ」

改めて、キースはポートレートを見やる。

「おかげさまで、誰もかれもが寄ってたかってルカを『アンジュ』って呼びたがる気持ちがよおくわかったよ」

皮肉でも、嫌味でもない。ルカの笑顔はそのすべてを如実に物語っていた。

すると、ダニエルはボソリと漏らした。

「おまえは、違うのか？」

「何が？」

「だから、おまえはあいつを『アンジュ』とは呼ばないのか？」

「呼ばない。だって、ルカはルカだろ？　やっぱ、他人に好き勝手にイメージを押しつけられるのって嫌だろ？」

少なくとも、キースはそうだ。

学院の魔物——なんて、本当は虫酸《むしず》が走るほどだった。

「だから、俺はルカを天使呼ばわりなんてしない」

束の間、ダニエルは押し黙って。ついでに、何やら不快そうにしんなりと眉を寄せた。

「あれは、アレクが最後の最後まで手放さなかったやつだ。ほかのは全部焼き捨てちまったらしいけどな。さすがに、これだけは処分する気にはなれなかったんだろう。もっとも、俺には最初から最後まで悪魔の微笑にしか見えなかったがな」

忌《い》ま忌《い》ましげに唇を歪め、ダニエルはそう吐き捨てた。

「つまり、ここはアレクって人の家だったわけだ？」

アレク……何某《なにがし》。ルカにとってもダニエルにとっても、曰《いわ》く付きの人物であることは間違いなさそうである。

「ぶっちゃけて言えば。破滅に至る愛の巣だった——かな。仕事も、家族も、友人も、何もか

も捨ててあいつにのめり込むためのな」

言いながら、目の端で意味ありげにキースを流し見る。

「何もかも捨ててしまえるほど、ルカが好きだったんだ？」

キースがそう切り返すと、ダニエルは嫌味なほどたっぷりと大きなため息をついた。

「アレクはファッション雑誌『ソレイユ』専属の腕のいいカメラマンでな。本人がモデルばりのイケメンだったし、金にも女にも不自由しない、けっこうなご身分だった。それが、あいつに出会ってトチ狂った」

ずいぶん辛辣な言い様である。

「あいつだって初めはただの被写体のつもりだったんだろうが、結局……表舞台に引っ張り出すには何かと誘惑が多すぎて仕事にもならなかったらしい。なにしろ、あの顔にあの身体だ。あっちこっちの業界入り乱れての垂涎《すいぜん》の的……だったらしいぜ。ダイエット過剰でギスギスに骨ばったスーパーモデルが陰でどんな陰険な悪態をつこうが、初めっから勝負にゃならない。アレクに言わせれば、あいつは『奇跡の黄金率』なんだそうだ」

「おうごんりつ？」

キースは少しだけ目を細め、つらつらと思い出すように暗唱した。

「人からして欲しいと思うことのすべてを人々にせよ？」

「はぁぁ？」

ダニエルはおもいっきり目を眇《すが》めた。何言ってんだ、おまえ――とばかりに。

「だから……黄金律。マタイ福音書七章十二節」

「おまえ……毎週欠かさず教会にでも通ってンのか？」

「通ってねーよ。学校がそういうのに厳しかっただけ」

「……って。おまえ、もしかして、大層なお坊ちゃん？」

キースはむっつり押し黙った。思わぬところでキースの地雷を踏んでしまったダニエルであった。

「まっ、それはどうでもいいけど。つまり、そっち関係じゃなくて、体型の黄金率。頭のてっぺんから爪先まで歪みなしの左右対称。完璧な理想の体型ってやつ」

「あー……なんだ、そういうこと？」

黄金律と、黄金率。なんだか、ややこしい。

(俺はてっきり、アレクって奴がルカに癒されたくて……満たされたい願望をそういう言葉に託したのかと思ったんだけど)

ポートレートのルカは、見方によっては現代の『慈愛の聖母マリア』そのものである。

――が、まったく意味が違った。

「その上、振りまく色気もハンパじゃなかった」

「魅惑の透明感……ね」

『イリュージョン』の常連たちが好んで使うフレーズを口にすると、

「見てくれだけじゃあ、人間の本性なんかわかりゃしないがな」

ダニエルはうっそりと冷笑を浮かべた。

「なんにせよ、ミイラ取りがミイラになってしまっちゃ笑い話にもならないってことさ。アレクは、ファインダーを覗いてるうちに入れ込みすぎて魂まで抜かれちまった」

まったくもって腹立たしいことに……と、顔にデカデカと書いてある。

「あんたは、アレクがダメになったことは全部ルカのせいにしたいわけ？」

じろりと、ダニエルはキースを睨んだ。

（こういうとこはスゲーわかりやすいんだよな、こいつ）

本当に、ルカのことが心底嫌いなのだろう。それを隠すつもりもさらさらないらしい。

その噂を耳にしたとき、ダニエルは一瞬耳を疑った。誰かがまた、やっかみ半分で悪質なデマを流しているのだと思った。

実際のところ、業界的には『コネも運も実力のうち』だったりするからだ。才能だけで食っていけるような甘い世界ではない。自分のウリを、誰に、どこまでアピールできるか。そのためには、何を捨てられるか。要は、それが一番のキー・ポイントなのだ。

「アレクはうわべも中身も派手な遊び人だったが、後に痼《しこ》りを残すようなヘマはやらない奴だった。そこらへんのケジメはきちんとつけられる自制心は持ち合わせていたからな。それに、今まで一度も本気で誰かに入れ込んだことなんかなかった」

「そういう奴が恋愛にハマると、一番アブナイんじゃねーの？」

世間の常識で言えば、だが。

キースには恋愛経験など皆無だが、別口の実体験値ならうんざりするほどあった。

ダニエルは露骨に嫌な顔をした。

「まさか、あのアレクがそうなっちまうなんて、俺には青天の霹靂《へきれき》だったがな。顔つきまで変わってきやがって、さすがにヤバイと思ったよ。ただ入れ込んでる……なんてもんじゃやなかったからな。あれは取り憑《つ》かれてる……そんな感じだった」

その言い様に、キースはふと目を落とす。当たらずとも遠からず——の現実が『イリュージョン』にもある。

今までは不文律という名の枷《かせ》があった。それを、ダニエルが木《こ》っ端《ぱ》微塵にしてくれた。常連客の間では、うわべはともかく水面下では様々な感情がせめぎ合っていることだろう。

「そのうち、仕事まですっぽかすようになってな。いくら別れろと忠告しても、まるで耳を貸さなくなっちまった。人間、変われば変わるもんだぜ。頭のネジが一本キレてしまうと、どこもかしこも歪んでしまう。誰が見たってヤバイとしか見えないのに、本人だけがまったく自覚もしちゃいないんだからな」

キースは苦いものが込み上げるのを意識した。まったく別の話なのだとわかってはいても、いきなり過去の傷を抉られたような気がしたのだった。

「あいつとのセックスは底なしの快楽……だそうだぜ。喰っても、喰っても、まだ喰い足りない。まるでジャンキーのように目ぇばっかりギラつかせて、そう言いやがったよ、アレクは」

まるで。『おまえはどうだ？』とでも言いたげなダニエルの目付きが強《こわ》い。

キースは沈黙する。そこまで教えてやる義理もなければ、弱みもなかった。

「俺がここを見つけたときにはもう、底の底まで堕ちていやがったよ。見るも無残な成れの果てってやつさ。あいつに骨までしゃぶり尽くされて、利用価値がなくなりゃ、ポイさ。あげくに麻薬中毒の野垂れ死にじゃあ、アレクも浮かばれないぜ。そうは思わないか？　みんな、あの小悪魔のせいだ」

毒々しい口調でルカを『小悪魔』と罵《ののし》るダニエルに、キースは彼のアレクへの想いの深さを見せつけられたような気がして今更のように絶句する。

押し殺しても跳ね上がるその激しさが、なぜか、チリチリとキースを刺激する。胸の奥の、更に深いところで踞《うずくま》るものを。

それはたぶん、坂を転がるように自ら身を滅ぼしていったアレクを救えなかったという歯軋《はぎし》りしたくなるような後悔……なのだろう。

そこまで他人に入れ込んだことがないキースにだって、それくらいはわかる。あくまで、常識の範疇《はんちゅう》でだが。

「ルカが小悪魔なら、あんたは……アレクの何？」

　思わず、それが口を突いた。

「悪いことは言わん。あいつと関わるのは、よせ。ろくなこたぁないぜ」

　ダニエルはそんな言葉でキースをはぐらかそうとする。

（……ふーん。結果論だけ見せつけて、それで俺を丸め込めると思ってるわけだ、あんたは。それって……何？　大人の余裕ってこと？）

　その一方で、キースは自嘲する。ダニエルとアレクがどんな関係であろうと、所詮は他人事だった。それを知ったからといって、何が変わるわけでもない。むしろ、これ以上変に付きまとわれないようにケジメをつけるべきだろう。『イリュージョン』の外でまで煩《わずら》わしい思いをするのは、まっぴらゴメンだった。

「で……あんたは悪魔祓《ばら》いを気取って、一生そうやってルカに付きまとうつもりなのか？」

「なんだと？」

　さすがに、ダニエルの顔付きが変わる。

「ルカのせいで、あんたのアレクが死んじまったから？　それとも、あんたができなかったことをルカがやっちまったことが許せない？」

　ダニエルが気色ばむ。

（そうだよ。いいかげん、本音で来いよ）

キースは唇を引き締める。

(大人の屁理屈《へりくつ》で俺を丸め込めると思ったら、大間違いなんだよ)

おためごかしのお節介など、いらない。

(腹の探り合いなんか時間のムダだってことを……わからせてやる)

ダニエルはたぶん、アレクが死んだという現実を直視することはできても、その死に様に隠された真実は見たくないのだろう。

(だったら、俺が引きずり出してやるよ。それを)

キースは、ルカの過去には興味も関心もなかった。なのに、ダニエルは自分の正義感ばかりを押しつけてくる。

見たくもないものを無理やり正視させられる、苦痛。それをダニエルにも味わわせてやりたかった。

「アレクが野垂れ死んだのは、ルカのせいなんかじゃねーよ。あんたが思ってるほど、彼は自信家でも強くもなかった。それだけのことだろ?」

その瞬間、何かが頭の芯をツクリと灼いた。

「あんたは意地でも、それを認めたくないようだけど」

フツフツと血がさざめいた。

「ルカがどうしてアレクと別れたのか。そんなこと、本当はどうでもいいんだろ?」

鼓動が滾《たぎ》る。

「あんたは今まで……アレクのことなら自分が一番の理解者だと思ってたんだ。でも、違ってたんだよな。アレクがあんたよりもルカを選んだ。あんたは、それが許せないだけなんだ」

ブレる鼓動が荒くなればなるほど、吐き出す言葉は止まらない。

「だから、あんたはルカを憎んで、まとわりついて、それで八つ当たりの鬱憤を晴らしたいだけなんだ」

とたん。

バシッ！

蒼ざめた憤怒のコロナを吹き上げるダニエルの容赦のない平手打ちが炸裂《さくれつ》した。

ジンジン、ビリビリと疼き渋る頬の痛みにまかせて、キースは小さく息を呑む。その痛みだけが先走る動悸《どうき》の根を断ち切ってくれたのだと知って。

おかげで、昂ぶりかけた何かがポトリと落ちた。頭が妙にスッキリした。ざわついた視界もブレがなくなった。血の味がする唇を指でなぞって、キースは小さく胸を撫で下ろした。

面倒なことにはこんりんざい関わりたくないのだ。たとえ、この場でダニエルの神経を逆撫でにしても……。

「聞いたふうなこと……ズケズケ言ってくれるじゃないか、ボーズ」

毛髪もじわりと逆立つかのような目でじっとりと睨《ね》めつけられても、キースは少しもたじろがなかった。

「俺は、あんたのアレクとは違う」

そこだけ、きっぱりと宣言する。

「ルカの過去に何があっても、それはそれでいいんだ。あんたにはそれが青臭いガキの戯言《たわごと》にしか聞こえないだろうけど、ルカのことをあれこれ言えるほど俺は聖人君主じゃない。だから、他人のあんたに横から変に口を突っ込んで欲しくない」

「自信たっぷりだな」

(——違う)

居心地のいい関係を壊したくないという、ただのエゴだ。本音で口にしても、たぶん、ダニエルは信じてくれないだろうが。

「そこまで、あの小悪魔に取り憑かれちまってんのなら……もう、何も言わん。アレクみたいに魂まで持っていかれないように、せいぜい気をつけるんだな」

押し殺した声で呟《つぶや》くなり、ダニエルはむっつり口を噤んだ。

それっきり、猛々《たけだけ》しいものを孕んだ彼の視線もプツンと切れた。

——瞬間。

キースを取り巻く物のすべてからスッと色が抜け落ちたような奇妙な錯覚に囚われて。その奇妙な違和感に。

（えっ？……）

思わず声を呑んでしまうキースだった。

✠✠✠✠

きりきりきりきりきり………………。

ベッドの端に踞ったまま明かりもつけず、ルカは爪を嚙む。

キリキリキリキリキリ………………。

頭のどこかで嫌な音がする。

――違う。

あれは、心が軋る音だ。

闇は静かに時間を喰らい、瘴気《しょうき》にも似た毒を垂れ流す。まるで、こわばりついたルカの頰を愛しげに撫で上げるかのように。

双眸にこびりついたキースとダニエルの姿以外、ルカには何も見えない。

絶えず胃を締めつける絶望の足音。ヒタヒタと迫りくる幻聴以外、何も聞こえない。

独りでいることは怖くなかった。そう、キースを知るまでは……。

たとえ、どんなに身体が疼いても耐えられた。――今までは。

誰かを愛しても、結局、同じことを繰り返す。傷つけて、傷ついて……すべてを失ってしまう。だったら、どれほど人の温もりが恋しくても孤独に苛《さいな》まれることのほうがはるかにましだとさえ思っていた。キースに出会ってしまうまでは。

キースとセックスがしたいわけではない。いや……そんなことを考えたこともなかった。ベタベタと変に馴《な》れ合わないからこそ、ルカはただの友人としてキースのそばにいられるのだ。

それでよかった。

本当に、それだけでいいのだ。ほかには何も望まない。

キースのそばにいるだけで、なぜか淫乱な気が鎮まるのだ。

錯覚ではない。真実、そうなのだ。

キースと同じ空気を吸っているのだと思うだけで満たされる。癒される。こんなことは今までになかった。それはルカにとっては新鮮な驚きというよりはむしろ、切実な欲求に近かった。

キースに出会うずっと以前から、どんなに夜が遅くても、雨が降らない限りルカは公園での毎朝の散策を欠かしたことはなかった。

新生する朝陽の輝きには穢れを浄化する活力があると、そう信じていたからである。

朝一番の太陽の光。それに身をまかせて、血の中までこびりついた淫乱な衝動を浄化してしまいたい。それは、ルカが自分に課した毎朝の通過儀礼のようなものであった。なのに。キースと言葉を交わしているだけで身体の芯に巣くっているそれがあっさり宥められてしまった。

最初は唖然とした。

嘘だと、思った。

ただの錯覚だと思った。

長い間、ルカに苦痛を強いてきた淫猥な血の滾りが、そんなことであっけなく解消させられたことが信じられなくて。

だが、単なる気のせいではなかった。それを知ったときから、ルカはキースに執着しないではいられなくなった。

キースとの間に良好な関係を築くことができたときには、内心で狂喜した。

そんな、ある日。突然、ダニエルが過去の亡霊を連れてやってきた。ルカは恐怖した。このままキースを失ってしまうのではないかと思うと、パニックになった。

けれど。他人に何か言われて落ち込むほど柔な神経はしていない。キースはそう言ってくれた。

その場しのぎの嘘ではない真摯なそっけなさ。嬉しかった。安堵《あんど》した。だから、ほかには何も望まない。

そう誓ったはずなのに、キースを待ち伏せていたらしいダニエルの姿が目に焼き付いて離れない。

自業自得ではないか――と自嘲する余裕すらないほど、ルカは打ちのめされていた。

連鎖

晩秋の空は朝からどんよりと重かった。灰色のグラデーションが低く垂れ込めていた。そして、夜に入るととうとう雨が降ってきた。

ダニエル・カサスは、あれっきり『イリュージョン』には姿を見せない。

しかし。彼が投げつけた憎悪の波紋は、驚愕《きょうがく》と言うには過ぎるほどの衝撃でもって店内を裂いて走った。

たとえ冗談にしろ、事の真偽を面と向かってルカに問いただそうとする者はいなかった。その日を別にすれば、ルカの態度はいつもとまったく変わらなかったからだ。まるで、あの衝撃すらもが幻想であったかのように。

あるいは。何も聞かれたくなくて、努めてそういうふうに振る舞っているだけかもしれないが。今はまだ、皆が互いの顔色を窺《うかが》っているというのが現状だった。

――いや。それまで水面下でそれとなく牽制《けんせい》し合っていた常連客の言葉の端々に、以前には見られなかった露骨な響きが感じられるのもまた隠しようのない事実であった。

誰のものでもなかったあの極上の笑みが、かって『アレク』と呼ばれた男の腕に堕《お》ちたことがある……という驚き。

更には。暗黙の協定に縛られているうちに、店の中では誰一人洟《はな》にもひっかけなかったキースにすら出し抜かれたのではないかという焦りと屈辱。

ダニエルの言っていることが事実であると、ルカもキースも何ひとつ認めてはいない。

けれども。常連の間では、あの告発が事実であるとの認識は一致していた。

そして、彼らは。身勝手としか言いようのない憤怒に身を灼《や》かれて初めて、今更のように目を瞠《みは》ったのだ。ルカの対極を張るキースの、特異な存在感に。

目から鱗《うろこ》が落ちる……とは、まさにこのことであった。

そうして、歯噛《はが》みした。天使《ルカ》という絶対的な目眩《めくら》ましに惑わされて、それを見誤った己のマヌケぶりを。

選ばれし者は、選ばれし者を知る。その言葉の意味を誰もが実感した。まざまざと痛感させられた。

だからこそ、彼らは、それが二重の裏切りのように思えてならなかったのだ。たとえ、それが、エゴ丸出しの言い分にすぎなくても。

ルカに対する執着が薄れたのではない。

そのときから、彼らにとっては、唯一ルカに選ばれたキースこそが彼らの天使を誑《たぶら》かす『小悪魔』になったのである。

剝《む》き出しの敵意が孕《はら》む、我欲。

その果ての、昏《くら》い痴情。

それならば、もう『天使《アンジュ》』と崇め奉る価値もないのではないか……と。

一度堕ちた天使なら、誘いをかければ案外たやすく手に入るかもしれない……と。

ルカとキースを取り巻くさまざまな思惑がそれぞれの胸の内で屈折し、交錯する。

『イリュージョン』に立ちこめる淀《よど》んだ大気の流れは、そうやって息を殺し、堰《せき》が切れるきっかけだけをひたすら待ち望んでいるかのようだった。


風の冷たさが日々増していた。街路樹もすっかり葉が落ちきって、その枝振りは見るからに寒々しい。

それでも、繁華街は相変わらずの賑《にぎ》わいだった。

少し陽の翳《かげ》りが見え始めた夕刻のオープンカフェ。『イリュージョン』の常連客であるロディー、マッシュ、ラウルの三人はコーヒーを飲みながら顔を付き合わせてヒソヒソと密談中であった。

「ホントに……やるのか？」

声を落としてラウルが言った。

「あー」

ロディーが即答した。

「マジでか？」

マッシュが上目遣いにロディーを見やる。

「イヤなら、別にいいんだぜ。無理に誘ってるわけじゃねーからな」

「や……嫌って言うか……」

言葉を濁して、マッシュはコーヒーを一口啜《すす》った。なんだか、先ほどからやたら唇が乾いてしょうがなかった。

「俺たちゃ、コケにされたんだぜ。アンジュにも、あのクソガキにも」

憤懣《ふんまん》をぶつけるようにロディーが口の端を歪《ゆが》めた。

いきなり『イリュージョン』に現れた男が投げつけた爆弾発言は、まさに衝撃的だった。ルカが目当てで通い詰めていた者たちにとっては、言葉にならない激震が走ったと言っても過言ではないだろう。

「…ったく、いい面《ツラ》の皮だぜ。俺たちが互いに牽制しあってる間に、あのガキは横から抜け駆けしてアンジュをかっさらっていきやがったんだからな」

カップを握る指先にも、恨みがましさがこもる。

「アンジュもアンジュだよな。俺たちに対する裏切りだって」

ラウルも口を尖《とが》らせる。

「そうだよ」

「あの男の話がホントなら、アンジュはアレクって男とヤってたわけだしな」

「おう。誑《たら》し込んで骨抜きにするくらいに、だ」

ルカの今にも倒れてしまいそうな、あの蒼《あお》ざめた顔つきを見れば一目瞭然《りょうぜん》だった。

「……なら」

マッシュはゴクリと生唾を呑《の》み込んで、テーブルに身を乗り出す。

「俺たちだって、別に遠慮するこたぁないよな？」

「一度誰かの手垢《てあか》のついちまった天使なんか、崇め奉ってる意味もねー……ってか？」

「さんざん俺たちを焦《じ》らせてくれやがったんだ。今更つべこべ言わせねーよ。やった者勝《モン》ち。……そうだろ？」

自分の言葉を正当化するかのように、ロディーは唇の端で嗤《わら》った。

「おう」

「……だな」

マッシュもラウルも、興奮ぎみに頷《うなず》き合うのだった。


十二月に入ると、どこもかしこも急速に冷え込んできた。

その日は朝から粉雪がちらつき、夜になると本格的に降り始めた雪があたり一面の闇を蒼白《あおじろ》く染めていく。

音もなく、ただ痺《しび》れるような静寂だけがゆうるりと降り積もる。

深夜。いつものように『イリュージョン』での仕事を終えて帰宅したキースはまずキッチンに行き、ケトルに水を入れて火をつけた。アパートに戻る間にすっかり身体が冷えきってしまったからだ。

とりあえず、熱いコーヒーでも飲んで体内から暖まりたかった。

湯が沸くとマグカップにインスタントコーヒーを淹《い》れ、ミルクを少しだけ加える。それがキースの定番だった。

（どうしたんだろう、ルカの奴。無断欠勤なんて、今まで一度もなかったのに）

コーヒーを一口飲んで、今更のようにそれを思った。

うわべはともかく、ルカが変にふさぎ込んでいるのは知っていた。

わざわざその理由を聞く必要もないくらいに常連客の視線はあからさまであったからだ。むろん、ルカ以上にキースへの風当たりはきつかったが、手ぐすね引いて待ち構えている挑発にわざわざのってやるほどキースは暇を持て余しているわけではなかった。

ダニエルがぶち込んだ爆弾の副作用。誰もかれもがその行方に興味津々《しんしん》であった。

だからキースは、あえて何も問わなかった。下手に口にして、ルカの双眸《そうぼう》が今以上に翳るのを見たくなかった。

ダニエルから強引に聞かされたアレクとの過去は、ルカが自分で向き合うしかない。ルカが本当は何を思い煩《わずら》っているにしろ、キースから話を振って聞き出すようなことはしたくなかった。

小さな親切は大きなお世話――である。キースの信条は『自分がやって欲しいことを他人にもしてやる』ことではない。『自分がされて嫌なことは他人にもしない』ことだった。問わないことが、今、自分にできるたったひとつの思いやりだとキースは頑《かたく》なにそう信じ込んでいた。

（どこか、身体の調子でも悪くなったのかな）

昨日までは、いつものルカだった。今朝の公園でも、普段と変わりはなかった。ルカがどこに住んでいるのかは知っている。会うのはいつも公園だけで、互いのアパートを行き来したことは一度もなかったが。

そして、ふと思う。

(俺たちの関係って、けっこうドライだよな)

互いのテリトリーには一度も踏み込んだことがないのだから。それで友人だと言えるのかと問われれば、確かに、ちょっと微妙だった。

あえて言えば、職場の同僚以上親密未満というところだろうか。

そんなことを思いながらコーヒーを飲み終えたとき、ドアをノックする音がしたような気がしてハッと目をやった。

「誰だよ、こんな時間に」

しんなりと眉《まゆ》をひそめながら、ドアまで歩く。ルカ以外に友人らしき友人もいないキースには、こんな深夜に訪ねてくるような人間に心当たりがなかった。

当然、警戒心が湧《わ》く。

「――誰?」

ドア越しに声をかけても返事がない。

ただ弱々しいノック音がしただけ。

（だから、誰なんだって）

静まり返ったドアの向こうは、コソともしない。どうしようか迷って、キースはドアチェーンは付けたままゆっくりと鍵《かぎ》を外し、片目だけで開けたドアの隙間《すきま》から外の様子を窺う。そうして、狭い視界のわずか先、壁に身体を預けるようにぐったり座り込んでいる人影がルカだと知って、慌ててチェーンを外して廊下に飛び出した。

「ルカッ。そんなとこに座り込んで、何やってンだよ」

「……や……ぁ………」

ルカがゆうるりと顔を上げた。どこかけだるげな、生彩のない目をして……。

「何が、やぁ……だよ。店にも出てこないで、どうしたんだ、今頃」

口早にまくし立ててから、ふと時間帯を思い出して声を落とした。

「とにかく、中に入れよ」

すると。息をするのも辛《つら》そうに、

「ゴメン……。悪いけど——ちょっと……手を、貸してくれない？　寒くて……足が、痺れちゃった……」

ルカが虚ろに笑いかけた。

「…ったく、しょうがねーなぁ」

舌打ちまじりにルカの両脇に手を入れ、キースは力にまかせて抱き上げようとした。

とたん。身体中を強ばらせてルカが小さく呻《うめ》いた。

わけもなく、キースはギクリと手を止めた。

背中に食い込むルカの指の震えが止まらない。

しなだれかかるように肩口に顔を埋めたまま、ルカはただ荒い吐息を嚙み殺しているだけだった。

（なんだ？　いったい……どうしたんだよ？）

ドクドクドクドク…………。

荒く胸を打ち据《す》える鼓動の速さは、ルカ？　それとも、自分？　その区別さえつきかねて、キースはそのままルカを抱え込むようにぎくしゃくと後ずさる。

スレンダーだがキースよりも長身のルカを半ば引きずるようにしてリビングまで運び込むのは、けっこう大変だった。日頃は歩く姿さえしなやかでまるで気品のある猫のようだとキースは思っていたが、足腰が立たないほどぐったりと衰弱しきったルカが自分よりも重いということを初めて実感してしまった。

小顔で、スレンダーな体型は黄金率。どこもかしこも、しなやか。それに輪をかけて優雅な物腰。その刷り込みが重さを感じさせない錯覚にすぎなかったことに、キースは今更のように驚いてしまった。

そのまま、とりあえずソファーに座らせると。

「悪いね……夜中に、いきなり転がり込んできちゃって……」

掠《かす》れ声でルカが呟《つぶや》いた。

「そんなこと気にしなくてもいい。ていうか、おまえ、もしかして、どこか怪我《けが》でもしてるんじゃないか？」

キースは、そっちのほうがよほど気がかりだった。

「とにかく、ダウン脱げよ」

外から見ただけじゃ何もわからない。怪我をしているのなら、手当ても必要だろうし。

そう思って、キースはルカのダウンジャケットに手をかけた。

ルカは何も言わなかった。ただ、浅く胸を喘《あえ》がせただけで。

しかし。

ダウンジャケットを脱がせかけて、キースは思わずその手を止めた。ダウンの下は十二月だというのにオープンシャツ一枚というあり得ない薄着で、しかも、なんだかひどく薄汚れていた。その首筋にいくつもの鬱血《うっけつ》のあとを見つけて。

（これって……キスマーク？）

キースはようやくルカの様子が尋常ではない原因に思い当たって、唇を噛んだ。

足が痺れて立てない。それがルカなりの精一杯の強がりなのだろうと思うと、キースはギリギリと奥歯を軋《きし》らせずにはいられなかった。

(ちっくしょう……。誰がやりやがったんだ)

常連客の舐《な》めるような目付きを思い出し、拳《こぶし》を震わせて毒づく。

(どこのクソヤローがこんなこと……)

何度も悪態を嚙み潰《つぶ》して、ふと思い出す。

(そういや、今夜はロディーたち、店に来てなかった。——あいつらか?)

そういう決めつけはマズイと思いつつ、頭が煮えた。

男であれ女であれ、無理やり力でねじ伏せてセックスを強要する。そのことに、心底虫酸《むしず》が走った。そういう奴らは二度と使い物にならないように叩《たた》き切って蹴《け》り潰してやればいいと本音で思う。

「——ルカ」

「……大丈夫。僕は……大丈夫……だから」

自分で自分に言って聞かせるように、ルカは漏《も》らした。

「けど。そんな冷えきったままじゃ、眠れないだろ? とにかく、えっと……フロで暖まったほうがいい」

「……そう…だね……」

力なくルカが頷いた。

「じゃ、俺。お湯、張ってくる」

つけた。

「……うん」

バスタブに湯を張る前に、キースは取り敢《あ》えず熱いコーヒーを淹れてルカに手渡した。

ぎこちなく。本当にぎこちないしぐさで、ルカがそっとカップに口をつける。

それを横目にキースはバスルームに駆け込むと、あまりのやりきれなさに思わずドアを蹴りつけた。

冷えきった身体をバスタブに沈めると、毛穴の奥までジンジンと熱い湯が染みた。

ヒリヒリと痺れるような痛みが今更のようにルカを打ちのめす。

首までどっぷり浸かったまま、ルカは顔を歪めて声を噛んだ。

(みっともない……。こんなの……すごく、みっともない)

キースに聞かれないように小刻みに喉《のど》を震わせながら。

いつものようにアパートを出て店に向かう途中でロディーたちの待ちぶせをくった。

いきなり三人がかりで囲まれてしまっては、声を上げてなじる余裕も、がっちりと摑《つか》まれたその手を振り切って逃げることもできなかった。

そのまま、引きずり込まれるような手荒さでどこかの部屋に連れ込まれたときですら、ルカは蒼ざめた吐息を無理やり呑み下すことしかできなかった。一度嵌《はま》ってしまった因果の輪からは、どうやっても逃れることはできないのだろうかと。

「今更、気取るなよ。アレクって奴とさんざんヤってたんだろぉ？」

下卑た口調でロディーが言った。

否定できなかった。

反論をする気にもなれなかった。どれほど過去を悔やんでも、あったことはなかったことにはできないからだ。

だからといって、こんなことは間違っている。

（嫌だ）

（やめてッ）

（僕にさわらないでッ）

なのに。言葉にはならなかった。

――できなかった。床に引きずり倒されるなり布を突っ込まれて口を塞《ふさ》がれてしまったからだ。

理性の箍《たが》も外れてギラつくだけギラついてぬめる目付きの厭《いや》らしさ。こわばりついた四肢を這《は》い回る指のゾッとするような嫌悪感。縛《いまし》められた手首に走る小刻みな震えすら、悪寒にプツプツと粟立《あわだ》った。

「この肌触り……スベスベだぜ。た……たまんねぇ……」

マッシュがゴクリと生唾を呑んだ。

「見ろよ。乳首なんか、ピンクだぜピンク。ちくしょお……しゃぶりてー」

ラウルが目を血走らせて呻いた。

(やめて……さわらないで。いやぁぁ～～ッ)

声を限りに叫んでも、その哀願が言葉になることはなかった。

ルカはおののいた。

――だが。

たっぷりと唾ののった舌で乳首を舐め上げられただけで、ヒクリと、甘い疼《うず》きが跳ねた。

隠そうにも隠しきれない、それは、ルカの身体に内封された絶望的なほどに甘ったるい快楽の萌芽であった。

何度も。

何度、も……。

代わる代わる、絶え間なく。

そこ、を。

あそこ……を。

――あれを。揉《も》みしだかれて。抉《えぐ》り剝かれて。突き上げられるエクスタシー。

それは目も眩まんばかりに熱い、剝き出しの快感であった。

抱かれることの自嘲《じちょう》も、嫌悪も、そんなものはすべて消し飛んでしまうかのような、抗《あらが》いがたい底なしの快楽だった。

「スゲ……え……」

誰かが驚愕の声を呑んだ。

「…っ、そぉ……。ちぎれそうだぜ」

荒い息の端から呻きともつかぬものが漏れた。

「はっ…は、うぉ〜〜ッ」

喉の奥から絞り出すように、男が吠《ほ》えた。

重なり合う淫靡《いんび》な喘ぎが身体を灼いていく。熱く、淫《みだ》らに、途切れなく。

獰猛《どうもう》な雄の本能を煽《あお》るだけ煽って、飛び散るスペルマ。

男たちが吐き出す狂気と。誰のものかもわからない熱く爛《ただ》れた吐息が絡んで、まとわりついて、神経がささくれ立った。

手が。

指が。

唇が。

舌が。

ペニスが。

次第にルカを狂わせていく。本来、あるべき姿へと。

そして。『天使』という欺瞞《ぎまん》が最後の枷《かせ》を喰いちぎったとき、ルカの中でフッリと飢餓感が生まれた。

足りない。

まだ、足りない。

ぜんぜん——タ、リ、ナ、イ。

容赦なく貫かれる快感が、快楽よりももっと深いところで切羽詰まった貪欲《どんよく》さを生む。

ルカは無我夢中で腰をくねらせた。

(違う)
(ダメ)
(そこじゃない)

もっと、強く。

きつく。

——吸って。

握って。擦《こす》って。深く——抉って。

(そんなんじゃ、ダメ)

(やめないでッ)

（もっと、して）

（来て……来て……もっと奥まで、来てぇぇッ）

気づいたときには腰が立たなかった。

重く痺れる鈍痛が視界すら歪ませる。

ルカを嬲《なぶ》り犯したはずの男たちが、げっそりと精根尽き果てたかのように失神していた。なのに。それでも。ルカの飢餓感は去らなかった。吐息も凍りついてしまうほどの胸糞悪さだけが込み上げてくる。

ヒリつくのは貫かれた痛みではない。永遠に満たされることのない淫欲が、自我ごと自分を貪《むさぼ》り喰らってしまうのではないかという怖《お》じ気だった。

（あぁぁ……。最低だよ。最悪だよ。あんな浅ましいこと……。わかってたのにッ……。もう二度としない。絶対に同じことは繰り返さない。そう思っていたのに……どうしてッ）

ルカは声を咬《か》んで泣き崩れた。

自分のアパートには戻りたくなかった。

なぜか、キースの温もりだけがたまらなく恋しかった。

一見冷ややかに見えるキースの腕の中が、ほかのどこよりも暖かいような気がしてならなかった。あの腕に抱かれて目が覚めたなら、いつもの自分に戻れるのではないだろうか……と。

そんな身勝手な夢を見てしまった。

甘い言葉で慰めてもらいたいわけではなかった。ただ、キースに会いたかった。ルカが知る限り、キースは自分を色眼鏡《いろめがね》で見ないただひとりの友人であった。憎悪にまみれた醜い過去が暴露されても、キースは何も変わらない。周囲が興味本位で色めき立っても、キースだけが変わらないのだ。

ただの友人である限り、キースは自分を拒まないだろう。たぶん……。

だが、友人であり続けるためには必要以上に馴《な》れ合ってはならないのだ。恋人でもなく、ましてや愛人でもない。ただの友人というスタンスこそが、ルカがもっとも満たされる不可欠な条件なのだった。

だから。もう、キースを知らなかった頃の自分には戻れない。戻りたく……ない。

ロディーたちに輪姦《レイプ》されたなんて、言えない。言えるはずがない。突き詰めれば、ルカはレイプの被害者ではないからだ。理性の箍が外れて彼らを喰いまくっていたのはルカなのだから。

そんなこと――キースにだけは知られたくない。絶対に。

自分がどんな痴態を曝《さら》していたか……自覚がある。

淫猥《いんわい》な言葉で彼らを誘い、愛撫《あいぶ》をねだり、きつく足を絡ませて銜《くわ》え込んだ。全部――覚えている。記憶をすべて抹消してしまいたいと願うほどに。

だが、どうしても独りでいたくなかった。

――ジレンマだった。

その誘惑に負けてキースのアパートに来てしまった。

（あー……どうしよう。こんな惨《みじ》めなこと、サイテーだよ）

バスタブの中で、ルカは今更のように我が身をギュッと抱きしめた。


何をどうすればいいのか、わからなかった。

ベッドの中。ルカのか細い寝息を背に、キースは深々とため息を漏らす。

バスルームから出ると、語る目をして自分を見つめたきり、ルカは何も言わずにぐったり寝入ってしまった。身体だけではなく、さすがに精神的にも疲れきってしまったのだろう。

それを思うと、胸の奥を針で刺されたような鋭い痛みがある。

ひとつのベッドを分け合っているせいだろうか。まとわりつく痛みはますます重くなる。

それを断ち切るように、キースは唇を噛んで毛布に顔を埋めた。

だが、心の中を隙間風が吹き抜けていくようで身体はいっこうに暖まらなかった。

足の先までジンジン痺れてくるような寒気は、とうに忘れかけていた幼い頃の独り寝の淋しさを思い出させずにはおかない。

（だから、どうしろってんだッ）

夜中近く、キスマークと噛み跡だらけの身体を引きずってここまで来たルカの痛みが、背中越しにヒシヒシと伝わってくる。

それをどういうふうに呑み下せばいいのか、キースにはわからなかった。

慰めの言葉を口にするのは簡単だった。しかし。それは所詮、傍観者の同情にすぎない。

キースはそう思い込んでいた。

胸の中で凍りついたものは、真に心のこもった一言で溶けていくものだと気づかない。いや……知ってはいるが、自分ではない誰かのためにおもいっきり心の扉を開け放ってしまうのが怖いだけなのかもしれない。

ルカと出会ってコミュニケーションのスキルは少しはましになったが、キースの人間不信はまだまだ根深いものがあった。

ルカとの波長がうまく嚙み合っているのは、変に馴れ合わないからだ。その居心地のよい関係を崩してしまったらどうなるのか、キースには予想もつかなかった。

（いいじゃないか、それで。今までだって、ずっとそれで上手くやってきたんだから）

言い訳じみた言葉で、とりあえず自分を納得させる。

過去は問わない。

よけいなことは聞かない。

知る必要のないことは秘密のままでいい。

けれども。ルカに向けた背を走る冷ややかさに、身体中がどんよりと鈍く痺れていくようだった。

目を閉じても、開いても、眼前にあるのは闇ばかり。寝つかれないまま重いため息を漏らすキースの背中越し、ルカの規則正しい寝息のリズムが一瞬わずかに乱れた。

次の瞬間……。キースは無意識に身体をすり寄せてきたルカの鼓動を背で聞いて、思わずドキリとした。

トクン、トクン、トクン、トクン…………。

速くもなく、遅くもなく、緩やかに時を刻む鼓動。それを肌で感じるのが、なぜか、ひどく快かった。

ルカの寝息のリズムに合わせて、息を吸い、息を吐く。ゆったりと、何度か繰り返す。

たったそれだけのことで、冷え切った身体のすみずみにまで、暖かい血の筋が通いはじめるのだった。

（なん、だ……。こんな簡単なことだったのかよ？）

温もりを分け合うという行為に大義名分はいらない。言葉を飾る必要もない。ただ相手を思いやる心に嘘《うそ》がなければそれでいい。

そんな単純明快な答えに、キースは今更ながらの苦笑を漏らす。

馴れ合うことと、思いやることは違うのだ……と。

ルカは何も言わないのではなく、何も言えないのだ。たぶん、キースとの関係をこじらせてしまいたくないから。負い目を感じているのはキースではなく、ルカ。

だったら、自分のほうから歩み寄ってやればいい。そうすれば、ルカの痛みが消えることはなくてもいつしか薄れていくだろう。

トックン。

……トックン。

………トックン。

鼓動は身体を巡る。ゆうるり……と。規則正しいリズムで。

そうしているうちに、いつしか、キースは軽やかな微睡《まどろ》みへと手を引かれていくのだった。

緩く。

細く……。

深く………。

揺れる吐息が夜の帳《とばり》と絡み合い、やがて、ひとつに溶けて意識は静かに沈んでいった。

✝✝ 呪縛《じゅばく》 ✝✝

天上界における異質──聖所『アギオン』。

冷え冷えとした重い大気がどんよりと渦を巻き、拗《ねじ》くれた木々が繁茂する樹海はいつものようにひっそりと静まり返っていた。生気喰いの森には小鳥の囀《さえず》りどころか、昆虫の羽音さえしない。

暗い。

重い。

鬱蒼《うっそう》とした沈黙だけが降り注ぐ。

過去と、未来。そのいずれにも属さず『神』の恩寵《おんちょう》からは更に遠く、『アギオン』は時間の流れに取り残された荊《いばら》の牢獄であった。そこが唯一の禁域であることを外界に知らしめるかのように。

光にも闇にも染まらない『影の館《シャヘル》』が天上界の異端ならば、この『アギオン』は目映《まばゆ》いばかりの黄金郷の御裾を穢《けが》す禁領であった。

囚われの囚人《めしゅうど》はただひとり。夢魔——アザゼル。

いまだ解けることのない呪縛の中で、永劫《えいごう》の孤独を日々の糧に生かされ続けている。天上界で唯一『魔性』と呼ばれる者として。

蒼白く冴えた光の中、アザゼルは瞑目《めいもく》したまま微動だにしない。

うねうねと、いつもはアザゼルの腰にまとわりついて離れない白髪さえもが今は蒼ざめた沈黙を保っている。あたかも、深い眠りに取り込まれてしまったかのように。

その瞬間。鎮座したアザゼルの双眸が、薄く半眼に開かれた。

とたん。静寂をまとったまま、白髪はゆるりと立ち上がった。アザゼルの末端意識と呼応するかのように。

うっすらと開かれた半眼は揺らがない。翳《かげ》ろう視線だけが沈黙を食《は》むように、トロリと濡《ぬ》れ落ちた。

細く。

……緩く。

…………深く。

鼓動は沈む。

慎重を期して手繰り寄せたルシファーの霊魂を見失うことを怖れるように。

微睡みにも似た気息は更に深く、アザゼルはゆるゆると自意識の壁を抜けた。

そして、霊魂にかけられた封印に絡みつくように寄生する。『輝ける者』ではなく『魔性』と忌《い》まれるアザゼルであればこそ……であった。

封印の闇と、アザゼルの魔の質は違えど、微弱ながらも共鳴しうる核を持つ。

だが。『暗闇《サタン》』という名の『神』の封印はその強大さゆえに一縷《いちる》の隙もなかった。

寵愛を過ぎた支配欲はもはや愛という名の狂気にも等しいのだと、アザゼルは今更のように思い知る。

ルシファーの霊魂には、封印の中に更に二重三重の堅固な『楔《くさび》』が打ってある。万が一、第一の封印が解かれても、すぐさま次の暗示が発動するように。

その堅固さゆえに、何度転生を繰り返してもルシファーの現《うつ》し身は孤独を免《まぬが》れない。それはもう『神』が定めた宿命というよりはむしろ、ルシファー自身が己に科した贖罪《しょくざい》に近しいものがあった。

そうして、アザゼルは知覚する。『神』の溺愛《できあい》とミカエルの烈愛の狭間で苦悶《くもん》するルシファーの汚れなき魂の叫びを。

蒼白い焔《ほのお》にも似たそれは悲哀でもあった。灼けつくような痛みの波動が漆黒に濡れたアザゼルの右半身と共振し、締めつける。ビリビリと、アザゼル自身の魂をも灼き尽くすかのように……。

誰にも言えない。

誰にも……わからない。

声なき嘆きのフレアは、それゆえに悲壮なまでの美しさでもってアザゼルを魅了する。そのまま、身も心も——いや、自我すら滅却しても構わないほどに。

そんな抗いがたい蠱惑《こわく》の誘《いざな》いをわずか一重の理性で引きずり戻すかのように、アザゼルは深々と自戒するのだった。真に聖なるものは汚濁の中でこそ、更にその輝きを増すのだろう……と。

かつての天使長は『暗闇の封印』という呪縛の中にあってさえも、その魂魄《こんぱく》は変わりなく『光掲げる者』であった。

それゆえに。己の闇を自覚する者はすべからく、その高貴な輝きに魅せられてしまうのかもしれない。

深淵の果てにひっそり咲き誇る夢想花のように、永遠に手に入れることはできないと知りながら、それでもなお願うだろう。魂の救済を。

あの清廉なる蒼焔にすべてを捧げ尽くしてしまいたい——と。

そこは自我の奥津城《おくつき》であった。

幾度生まれ変わっても、ルシファーがルシファーでありうる唯一の場所だった。

上も下もない、乳白色に翳む一面の宙。そこに、ゆらゆらと漂うものがある。転生を繰り返す魂魄が捨て去った、過去の記憶の残骸《ざんがい》である。

あるものは、くっきりとした輪郭を保ちながら。また、あるものはその核だけを残して沈んでいく。ゆるゆる……と、螺旋《らせん》状に。ただひたすら時間をかけて。

やがて、それらは暗い闇の底へと散っていき、無限の時間に埋もれたまま二度と再生されることはない。

しかし。降り積もる自我の欠片《記憶》は、魂魄が消滅してしまわない限り永劫消え果てることもないのだった。

ルシファーの魂魄は『神』が科した封印が解けない限り、人としての宿命の輪から永遠に外れることはできない。

下界の住人である人間の魂魄も、そうやって宿命の糸を紡ぎながら輪廻《りんね》を巡るのだ。封印を科せられたルシファーとは違い、ときに四つ足で歩き、翼を持ち、あるいは鰓《えら》で呼吸しながら……。そうやって魂魄は様々な生をまっとうしながら、穢れを削ぎ落として無垢《むく》になる。

アザゼルは封印に寄生したまま、そんな忘れ去られた記憶の断片を丹念に掘り起こし『暗闇《サタン》の霊力』で封じられたルシファーの霊魂の前で鮮やかに過去を再現してみせる。下界人として作為的に刷り込まれた人格ではなく、天使長であった頃の記憶だけを選りすぐって……。

光彩陸離……。千の変化を遂げて燦《きら》めく、目映いばかりの光の記憶を。

友と語らう在りし日の日々を。

しなりのきいた双翼で自由自在に宙を飛翔する感覚さえも。

閉ざされた魂を揺り動かすことができるものが、何か必ずあるはずだった。

目が覚めれば朧気《おぼろげ》なただの夢として意識の底にも残らないようなことでも、ほんのわずか、現し身の琴線に触れればそれでいいのだ。

魂魄とは、蓄積された記憶と時空すら超えられる思惟《しい》とが絡み合い、さまざまな奇跡さえ起こしうる無限の思念体である。

埋もれた時の記憶は、思い出そうとする意志の強さに引かれ——呼応する。いつか、きっと……。たとえ、それが幾重にも封印を科せられた堅固な宿命であろうとも。

それはもはや祈りなどではなく、渇望という名の一筋の光明であった。おそらくは、ミカエルだけでなくアザゼル自身にとっても。

ルシファーにとっては、それは禁忌の扉にほかならないが。

燦然《さんぜん》たる輝きに浴しながらも決して顧みられることのない禁域『アギオン』の囚人であるアザゼルは、光環も通力も持たない異形の魔性である。

楽園を追放された『男』と『女』の末裔《まつえい》が見る夢に寄生して得るわずかな思念だけが日々の糧となる。よくも、悪くも……。

時間の隙間に埋もれた記憶や意識を自在に操り、夢を織る。そんな微々たる魔力がいったい何になるというのか。

束の間、アザゼルは自嘲する。見えない呪縛に蝕《むしば》まれていく我が身ひとつ、自分ではどうすることもできずにいるというのに……。

下界人の見る夢を搾取するということは、その夢が孕む毒をも身の内に取り込むということである。

無垢なる希望や願いは肌に心地好い。

しかし。ささやかな希望も、そのうちのひとつでも叶《かな》ってしまえば、次にはそれが欲になる。それが道理なのだ。

欲望という名の毒がアザゼルの血を灼き、その肉を抉る。それでも、視ることをやめられない。それが、永遠の孤独の代償であるからだ。

そうやって、両の足はすでに正視することすら耐えられないほどの醜悪な魔形と化してしまった。アザゼル以外、それを目の当たりにする者はいなかったが。

絶望は凍りついたまま溶けない。

この先もずっと、そうやって永劫の時間を流離《さすら》っていくのだろうとアザゼルは思っていた。夢に寄生する以外、現実のものには何ひとつ触れることもなく。

いつかは『神』の怒りも解け、再び光輝をまとうことが許される。それは永遠に終わることのない儚《はかな》いだけの夢だと知っていた。

外界から見捨てられた聖所で蒼白い陽炎《かげろう》の枷に呪縛されて生きる身には、もはやその望みも虚しく響くだけであった。

そんなアザゼルの元へ、ある日突然ミカエルはやって来た。驚愕を過ぎた衝撃だった。

そんなことは、あり得ない非常識だったからだ。

さすがのアザゼルも、しばし絶句してしまった。ミカエルが辟易《へきえき》した険しい顔つきで眼前に立っていても、これは何かしらの幻覚ではなかろうかと、声もなく固まってしまったほどだった。

そして。今もまた、他者の思惑などまったく歯牙《しが》にもかけず足繁《しげ》く通ってくる。天上界の異端を自認するアザゼルの目から見ても、ミカエルはあり得ない非常識の具現者であった。

天上界第一位という重責の合間を縫い、安息の日には皆がこぞって『神』への賛美を口ずさむ声にひとり背を向け、その足で冷ややかな禁域を訪れるのだ。

そんなことが許されていること自体、アザゼルには信じがたいことだった。

すべての御使《みつか》えには、創造主である『神』への絶対的忠誠が骨の髄まで刷り込まれている。

しかし。御使えは自由に思考することが許されている。己の判断で物事を選択することができる。それゆえに、己の欲望を御しきれない者は堕落するのだ。まさに、アザゼルがそうであったように。

発端と経緯と結論。それにまつわるすべてのことは自己責任。

天上界における規律と軌範《きはん》は詳細を究めているが、公序《こうじょ》における自己責任は非常に重い意味を持つ。

禁域である『アギオン』を訪れる。それは天上界最高位を持つミカエルならではの傲慢《ごうまん》――ではない。覚悟の表れに過ぎない。

アザゼルは知っている。それが『神』に対するミカエルなりの意地であるという以上に、ルシファーを渇望していた。

アザゼルに導かれるまま想いの丈を込め、心馳《は》せ……。手を触れることすら叶わないもどかしさを噛み締めつつ、ミカエルはルシファーの現し身を飽きることなく見つめ続けていた。

ミカエルは何も隠さない。

夢魔であるアザゼルの前では、心を偽ることなど無駄な努力とでも思っているのか。かえってアザゼルが困惑してしまうほどに、見事に何も隠さなかった。

引きちぎられた半身を、ひたすら恋うる一途な情愛。それゆえの、どうしようもなく切ない絶望の疼き。

そんな抑えきれない想いの深さまでもが合わせた掌《てのひら》から溢《あふ》れ出る。そのたびに。

（あぁ……）

アザゼルは思わず声にならない嘆息を漏らす。

ミカエルの灼けつくように熱い情念が、冷えきったアザゼルの血潮を容赦なくヒリヒリと炙《あぶ》り焼いていく。絶望の果てに切り捨てた感情の雫《しずく》までもがゆうるりと頭をもたげはじめるかのように。

もう長い間、アザゼルは何かで心を満たすことなど忘れ果てていた。

唯一の願いは絶対に叶うことのない幻影だった。

ありとあらゆる感情を断ち切り、自我を滅却することによってのみ生きてきた。それが今になってこんなことになろうとは、アザゼル自身思いもしないことであった。

「ルシファーの現し身も、少しずつ和らいできたようだな。硬質な殻で覆われていた魂魄にもようやく血の筋が通ってきた」

深く息をつきながらゆったり瞼《まぶた》を開いたミカエルは、わずかに掠れた声でひとりごちた。それが吉兆などと甘い期待をしているわけではないが。

「ルシファー様のそばにシャヘルが付いたせいでしょう」

「アシタロテ……か」

感慨深げにミカエルはその名を口にした。

「あれは、いまだ芳醇《ほうじゅん》な聖蜜を滴らせた極上のシャヘルでございますれば」

「さすが、あのガブリエルが唯一執着していただけのことはある。……というところか」

　実際のところ、ミカエルはアシタロテの名前を知ってはいても顔まで覚えていたわけではない。というより、ルシファー以外のシャヘルなど眼中になかった。

　そんなミカエルさえもがその名前を記憶しているほどには、アシタロテは有名人だった。入れ替わりの激しい館の住人の中にあって、アシタロテは最古参であるからだ。館の生き字引であるとさえ言われていた。

　館が壊滅してしまったときにアシタロテは突風に巻かれて消えた。ラファエルのシャヘルであるベルゼブルがそう証言した。そんな状況でまさかアシタロテが生きていたとは、さすがのミカエルも予想もしていなかった。

　顔もろくに覚えていないそれが、なぜ、アシタロテであるとわかったのかと言えば。それが透き通った翡翠色《ガブリエル》の気を纏《まと》っていたからだ。

　ある意味、絶句だった。そんな偶然が本当にあり得るのかと。

「おそらく、次元の渦に呑まれて下界へ飛ばされたときには蜜月であったのでしょう」

　ミカエルは頷く。

　ガブリエルの光子をたっぷりとその身に孕んでいたからこそ運良く下界に辿《たど》り着けた。おそらく、そういうことなのだろう。

　たとえ、その衝撃で天上界での記憶はすべて喪《うしな》われてしまっても『神の強き使者』と呼ばれる主人の加護は充分あった。言ってしまえば、それに尽きた。

「記憶は失われても、シャヘルとしての本能が互いを干渉し合うのかもしれません。もっとも……その自覚がない分、かの者にとってはそれが地獄の責め苦にもなりましょうが」

従者《シャヘル》の聖蜜は主人が指で愛撫を施し唇できつく吸ってやらない限り、放出はされない。言葉を返せば、それは終わらない淫悦を意味する。自分の意思でどうにかできるものではないからだ。

「その身にガブリエルの光子を内封したまま解放されないとすれば、それはもはや快楽ではなく、正気さえも喰いちぎる耐えがたい苦痛でしかあるまい」

それが、偽りのない事実であった。

あれほど頑なに快楽を拒んでいたルシファーでさえ、たっぷり蜜を孕んだ宝珠《シャルマリ》を揉みしだかれただけで身悶《みもだ》え、ひっきりなしに甘い喘ぎをこぼした。シャヘルにとって聖蜜は、己の血肉を熟れさせる悦楽の源であるからだ。

「ましてや、極上の蜜を滴らせたシャヘルの芳香は下界人を魅了せずにはおかない媚薬《びやく》も同然でございましょう」

「人間を誑かし堕落させる堕天使にも等しい……か」

アザゼルは用意していた銀杯に果実酒を注ぎ、ミカエルに手渡した。

「どうぞ、お飲みください。サラエの果実酒です」

勧められるままに、ミカエルは一気に飲み干した。渇ききった喉に果実酒のすっきりした甘みは瞬く間に染み渡った。空になった銀杯に、アザゼルは果実酒を注ぎ足す。

「アザゼル。一度、おまえに聞いてみたいと思っていたのだが」

「……はい」

「誰の意にも従わぬはずのおまえが、なぜ、私の望みを叶えてくれる気になったのだ？」

まさか、今になってそんなことを問われるとは思ってもみなくて、アザゼルは一瞬言葉に詰まった。

別に、返事を期待していたわけではない。ミカエルはただ聞いてみたかっただけなのだ。

「むろん、哀れみでも蔑《さげす》みでも……なんでも構わぬがな」

今のミカエルにとっては、それがどんな理由付けであってもいっこうに構わないというのが本音である。

「天と地ほどに立場は違え『神』の呪力によって封じられたるは、我が身も同じでございますれば」

いつもと変わらない静かな口調であった。ただ、その声質にわずかな揺らぎがあったことを除けば。

「まして、誰もが忌み嫌う魔性のわたくしごときに『頼む』と頭をお下げになられたのは、ミカエル様、あなたお一人だけでございます。ならば、この身を賭《と》してでもお役に立ちたい。そう思うのが当然でありましょう？」

禁域である『アギオン』は、天の御使えの霊力を無力化しその上でなお生気を喰らう樹海の中にある。

ミカエルは毎回、その中を自分の足で歩いて通ってくるのだ。それだけでも、ミカエルの覚悟の在り方がわかる。

溢れんばかりの光彩に身を任すことも許されず、ただひたすら過去の思い出を啄《ついば》んで生きているのは喘ぎの館の住人である従者ばかりではない。

創造主の逆鱗《げきりん》に触れ、憤怒の雷戟《らいげき》に背の双翼を毟《むし》り取られ、その身を黒白に裂かれて『アギオン』に封じられたアザゼルもまたその一人であった。

——呪《のろ》われよッ！

あの日。『神』は、七つの天地を引き裂かんばかりの声でそう言い放ったのだ。

集いの日に捧げる聖歌。朗々と歌い上げる御使えの中でも特にその美声を誇り、類いまれなる琴の名手でもあったかつての智天使《ケルビム》に向かって……。

創造主が、一塊の土から生命を与えた男と女。アザゼルは無垢なる魂の輝きを秘めた清廉な処女に、一目で惹《ひ》かれてしまったのだ。そして、焦がれ慕る想いを抑えきれずに二人の住む喜悦の園へと足を踏み入れ、甘美なる歌声で酔わせた。

しかも。想いの深さの証《あかし》として『不滅の木』の実を食べさせてしまうという、重大且《か》つ決定的な大罪を犯してしまったのだ。創造主が唯一食べることを禁じていた『善悪を知る知識の木』の実を、である。

　禁断の実を口にして無垢な心を失ってしまった男と女は楽園を追われて下界へと追放され、アザゼルはその罪を永劫贖《あがな》うようにと第六門の聖所に封じられてしまった。忌まわしき魔性として。

「私のやろうとしていることが『神』の意に背く大罪だとしてもか？」

　あえて、その言葉を口にする。

「この地は、魔性を封じる奥津城《おくつき》でありますれば……」

　アザゼルはその事実を淡々と返す。

「ここより堕ちる先はないのです。それに……一度背くも二度背くも同じこと。なんのご心配にも及びませぬ」

　それがアザゼルの本心であるかどうかは、表情からは読めない。アザゼルの異相を直視できる剛胆さは持ち合わせているミカエルであっても、だ。

「……だが。私には、おまえに約束してやれるようなことは、何ひとつできぬ」

　今になってそんなことを口にするのも、ずいぶんと間の抜けた話だが。それもまた、ミカエルの偽りのない気持ちだった。

「――いえ。見返りならば、すでにいただきました。もう長い間忘れ果てていた情愛という名の熱き滾りを……」

ミカエルは一瞬、わずかに双眸を瞠った。まさか、アザゼルの口からそんな言葉が返ってくるとは予想もしていなくて。

「あなたは夢魔であるわたくしに心を預けても何ひとつ隠されない。ルシファー様に恋い焦がれる想いの深さも、半身を引きちぎられた慟哭《どうこく》も。そして……主たる『神』への離反も。揺らぎもしなければ、なんの言い訳もなさらない。その剛胆ぶりにはただ驚かされるばかりです」

ミカエルは残りの果実酒をゆっくりと飲み干すと、銀杯を台座に戻した。

「その好意、ありがたくもらっておこう」

「――仰《おお》せのままに」

座したまま、アザゼルは深々と頭《こうべ》を垂れた。

『聖なるかな、
聖なるかな、
聖なるかな。
昔いまし、
今いまし、
のち来たりたまう主たる全能の神……』

POSTCARD

必要な金額の切手を貼ってね！

105-8055

東京都港区芝大門2-2-1
㈱徳間書店
Charaキャラ文庫 愛読者 係

徳間書店Charaレーベルをお買い上げいただき、ありがとうございました。このアンケートにお答えいただいた方から抽選で、Chara特製オリジナル図書カードをプレゼントいたします。締切は2016年7月30日(当日消印有効)です。ふるってご応募下さい。なお、当選者の発表は発送をもってかえさせていただきます。

ご購入書籍タイトル

《いつも購入しているタイトルをお教え下さい。》
①小説Chara ②小説Wings ③小説ショコラ ④小説Dear+
⑤小説花丸 ⑥小説b-boy ⑦リンクス ⑧ガッシュ文庫
⑨CROSS NOVELS ⑩SHYノベルス ⑪シャレード文庫
⑫ショコラ文庫 ⑬ダリア文庫 ⑭ディアプラス文庫
⑮ビーボーイノベルズ ⑯プラチナ文庫 ⑰ラヴァーズ文庫
⑱リンクスロマンス ⑲ルチル文庫 ⑳ルビー文庫
㉑その他(　　　　)

住所 〒□□□-□□□□ 都道府県

フリガナ
氏名　**年齢**　歳　女・男

職業 ①小学生 ②中学生 ③高校生 ④大学生 ⑤専門学校生 ⑥会社員 ⑦公務員 ⑧主婦 ⑨アルバイト ⑩その他(　　　　)

※このハガキのアンケートは今後の企画の参考にさせていただきます。ご記入いただいた個人情報は当選した賞品の発送以外では利用しません。

Chara キャラ文庫 愛読者アンケート

◆この本を最初に何でお知りになりましたか。
①書店で見て ②雑誌広告(誌名)
③紹介記事(誌名)
④Charaのホームページで ⑤Charaのメールマガジンで
⑥その他( )

◆この本をお買いになった理由をお教え下さい。
①著者のファンだった ②イラストレーターのファンだった ③タイトルを見て
④カバー・装丁を見て ⑤雑誌掲載時から好きだった ⑥内容紹介を見て
⑦帯を見て ⑧広告を見て ⑨前巻が面白かったから ⑩インターネットを見て
⑪ツイッターを見て ⑫その他( )

◆あなたが必ず買うと決めている小説家は誰ですか？
[ ]

◆あなたがお好きなイラストレーター、マンガ家をお教え下さい。
[ ]

◆キャラ文庫で今後読みたいジャンルをお教え下さい。
[ ]

◆カバー・装丁の感想をお教え下さい。
①良かった ②普通 ③あまり良くなかった

理由[ ]

◆この本をお読みになってのご意見、ご感想をお聞かせ下さい。
①良かった ②普通 ③あまり面白くなかった

理由[ ]

ご協力ありがとうございました。

天に、地に……。『神』の威光を称える聖歌《トリスアギオン》は響き渡る。生きとし生けるものがこぞって、大いなる『神』の恩寵を請うるかのように。

その中にあってただ一人、ミカエルだけが『神』に反目する。失われた半身をひたすら恋うる激情に身を灼きながら……。

(アシタロテがそばに付いているのなら……)

アザゼルに言われるまでもなく、完全無欠の『暗闇の封印』が万が一にも破れる可能性はない。

それでも、アザゼルの意識越しにルシファーの現し身を見つめることでミカエルの絶望は癒《いや》されてきた。

いや。癒された……と思っていた。

しかし。絶望がそれなりに癒されることで、更なる飢餓感を痛烈に自覚せずにはいられなかった。

アシタロテがルシファーの元にいる。

すべてが灰燼《かいじん》に帰した今、それは偶然と呼ぶには過ぎるほどの僥倖《ぎょうこう》だと思った。

(あれの身体さえあれば……)

視界を熱く灼く一縷の希望は、それだけでミカエルの身体を芯《しん》から焦がす。

「ルシファー……」

その名を口にするだけでも、形容しがたい衝動が走る。

それを抑え込んできた理性の箍は、すでに根元から腐りきっていた。


天上界第一天〈シャマイム〉。

光の流れは寸分の狂いもなく千の変化を遂げながら刻々と移りゆく。

荘厳な『黄昏《たそがれ》の鐘』が鳴り響く中、下界へと通ずる神門を守護する城砦《じょうさい》の高台から眼下の密林を見ていたガブリエルの元へ、副官が颯爽《さっそう》とした足取りで歩み寄ってきた。

「ガブリエル様。第二小隊、揃《そろ》いました」

「では、直ちに交替させろ。第七小隊は次の任務の辞令が下りるまで各自待機。しっかり休養を取っておくよう、労《ねぎら》ってやれ」

「……ハッ」

ガブリエルの命を受けた副官は長靴の踵《かかと》を打ち付けて拝礼すると、高台からすぐさま飛翔した。

するとそれを見計らっていたかのように、ミカエルがやってきた。

天上界最高位の霊威を具現する真紅の光輪は一際輝いている。ルシファーを喪ったあとも、その輝きは少しも色褪《あ》せていない。そのことに、ガブリエルは内心ホッと安堵《あんど》するのだった。

〈マホン〉の地に館が再建されて、激務をこなす御使えたちは当然のごとく新しい従者を得たが、この先、ミカエルが新しいシャヘルを持つことはないだろうことはわかりきっていた。

「なんだ、ミカエル。おまえが先触れもなくこんなところまでやって来るとは……珍しいこともあるものだな」

大君主ともなれば、超多忙である。互いの都合を摺《す》り合わせるために先触れを寄越すのが通例と化していた。

「私的に、おまえに話があってな」

ミカエルはこれが公務ではないことを強調する。いつもは影のように付き従っている副官《ギリアン》がいないのも、それで頷けた。

「話？　なんだ？」

「時間は、いいのか？」

ガブリエルにしてみれば。

（今更、それを言うか？）

横暴とまではいかなくても慣習から外れたことを平然としでかすのは、もはやミカエルの習いでもあった。

「あー、構わない」

「そうか」

「場所を変えるか？」

「そうだな。せっかく〈シャマイム〉まで出向いたのだ。おまえ御自慢のウルスラの酒でも振る舞ってもらおうか」

ガブリエルはうっすらと笑った。

「承知した。では、このままドォーマの離宮まで飛んでもらおう」

ドォーマの離宮はガブリエルが執務として使っている城砦とは趣を異にする煌《きら》びやかな庭園であった。その一画にある四阿《あずまや》で、ガブリエルとミカエルは久しぶりに酒を酌み交わした。

「――では、聞こうか？」

最初の一杯で喉を潤し、ガブリエルが促した。

「新しいシャヘルの味は……どうだ？」

ガブリエルはその双眸にありありと困惑の色を浮かべた。こんなところまでやってきて、いったいなんの話なのだ……と言わんばかりに。

「そんなことを聞いて、どうする？」

「アシタロテと比べて、どうかと思ってな。マホンの館が再建されるまで、あれはシャヘルとしては最古参だっただろう。ルシファーの披露目の議を取り仕切ったのも、あれだった」

一瞬、ガブリエルは遠い目をした。何かを懐かしむように。

「そうだったな。ラファエルは運がよかった。ベルゼブルが手元に残って……」

ある意味、本音である。

「サンダルフォンの話では、ベルゼブルを館に残すことに関しては、他の君主とかなり揉めた……と聞いたが？」

ミカエルが話を振ったのではない。サンダルフォンが勝手に愚痴《ぐち》ったのだ。〈マホン〉の統轄者として思うことは多々あるが、館が壊滅した理由が理由なので、ラファエルのごり押しを一刀両断にはできなかったということだろう。

「あれは事の真相の一部始終を見知っている、唯一の生き証人だからな」

その言葉の重さに、ミカエルはじっとりと口を噤んだ。

「ルシファーの指示でゼーナの窖《あなぐら》へといち早く皆を先導して運良く生き残れた者たちとは自ずと扱いも違ってくるということか」

「ベリアルはアシタロテの良き相談相手だった。館の再建に関して、あれとレヴィヤタンが生き残っただけでも僥倖には違いない」

ガブリエルはそう言うが、それが君主たちの総意だとは思えない。現在、館には一切出入りすることはないミカエルであっても、それを慮《おもんばか》るのはたやすかった。

それでなくとも、館には、何やら不穏な動きも出始めていた矢先のことだったからだ。従者たちの意識改革。その中心にルシファーがいたのは、ミカエルにとっては今も歯噛みしたくなるほどの悔いが残る出来事だった。

その果てに、館が無惨《むざん》に崩壊した。

ゆえに。あれは『神』が下された鉄槌《てっつい》なのだと主張する者が数多《あまた》いる。

それでなければ、なぜあんなことになってしまったのか、彼らにはその真意を推し量る術《すべ》がなかったからだ。

『神』は分不相応な従者たちの変革など認めなかった。そのように解釈することで、主人たちは館に巣くいはじめた不気味な波動を一掃したいという目論見《もくろみ》も確かにあった。

己の弱点を従者が具現しているのだという自覚を新たなる自戒を込めて切って捨てるには、それを正当化するだけの大義名分がいる。だからこそ、再建される館には過去の火種は何ひとつ持ち込みたくない。

かといって、何もかもを一新して白紙状態にしてしまえば館は館として機能しない。その葛藤《かっとう》がある。サンダルフォンにしてみれば苦渋の選択であったに違いない。

「ルシファーをシャヘルどもの君主に据えようと画策していたサンダルフォンにとっては、手痛い損失だったかもしれぬがな」

ガブリエルは沈黙で応じた。

熾天使《セラフィム》の大君主の中でも、館の壊滅と同時に従者を失ってしまった者はまだしも第三者として静観していられる。たとえ、それが、芳醇な精気を作り出す器をまた一から選び育てなければならないという労力が待っていても。

主人たちは、古参の従者にはそれなりの付加価値があることをよく知っていた。

何事も、要になる核がなければ成り立たない。どんなに立派で見映えのいい城郭であっても、中身がともなわなければ砂上の楼閣に終わる。それゆえに核は残したい。新しい館の精神的な歯止めとして。

しかし。後々に禍根《かこん》を生じるかもしれない因子は切り捨てたい。

それが主人たちの偽らざる本音であった。従者という、いわば己の半身であればこそ、彼らも無関心ではいられないのだった。

「ベルゼブルの記憶に封をかけて館に残すなど、ラファエルも存外の執着ぶりだ。人のことをあれこれ言えた義理ではないな」

「おまえにそれを言われては、世も末だろう」

ガブリエルは辛辣《しんらつ》だった。

ミカエルはぐいと一気に酒を呷った。

「どうせ、私はとうにハグレ者だ。何を言ったところで、今更誰も気にはすまい?」

「そう思っているのは、おまえだけだ」

あえて口には出さないだけで、主だった者たちは何かにつけてミカエルの動向を注視している。

天上界最高位の剛の者を無視できる御使えなど、どこにもいない。むろん、それもあるが。あの日、あのとき、あの場所で――ミカエルの慟哭を知っている者ならば、むしろ当然の危惧《きぐ》であった。

ミカエルの不気味すぎる沈黙が怖い。それはカシエルの口からもたらされた『アギオン』の一件で更に現実味を帯びた。

そこにもってきての突然の来訪である。しかも、あくまで私的な用件だという。ガブリエルとしても多少身構えていたのだが……。

「極上の味に慣れた口では、新しいシャヘルでは物足りないか?」

否定はしない。今のシャヘルではとうていアシタロテの味には及ばないからだ。

「聖蜜の善し悪しが我らの士気に関わるわけではないがな」

「それはもう、アシタロテにはなんの未練もないということか?」

「時空の狭間に呑み込まれてしまっては、致し方あるまい」

ため息を漏らすようにガブリエルは唇の端をわずかに歪めた。

「――では」

ミカエルらしくもなくほんの少しだけ言い淀んで、低く問いかけた。

「私がもらっても構わぬか?」

言葉の意味を計りかねて、ガブリエルがしんなりと眉をひそめる。

「アシタロテに未練がないのであれば、私がもらってもよいかと聞いている」

「戯《ざ》れ言《ごと》が過ぎるぞ、ミカエル」

「私は本気だ」

「第一、アシタロテがどこにいる。あれは時空の流れに浚《さら》われて……」

「下界で見つけた。偶然に、な」

ことさらさりげなくミカエルがその言葉を吐き出したとたん、ガブリエルは言葉を見失ってまじまじとミカエルを凝視した。

「どういうことなのか、持って回った言い方をせず、はっきりとわかるように言え」

ともすれば荒く昂る胸の鼓動を抑えつつ、努めて平静にガブリエルが言った。

「私が『アギオン』に降りてたびたびアザゼルを訪ねていることは、知っていよう?」

大君主の間では、それは、あくまで公然の秘密も同然だったが。

「おまえが天上界第一位という責務を忠実に果たしている限り、誰も、差し出がましい口を叩くつもりはない」

当てこするというよりはむしろ、毅然たる口調だった。本心であるからだ。少なくとも、ガブリエルにとっては。

「まぁ、表立ってはな」

ゆったりとミカエルは切り返した。

「当然だ。創造主より『焔の剣』を賜《たまわ》った御使えの為すことに間違いがあろうはずがない。それゆえ、天上界の至宝とまで言われた天使長でさえおまえのシャヘルとして下された。天上界の楔をより堅固なものにするためにはそれがどうしても必要だったのだと、数多の御使えはそう信じている」

「いっそ素直に天上界一の極悪人呼ばわりされても、私はいっこうに構わぬが？」

自虐ではない。今更、誰に何を言われても構わないという自覚があるだけだ。

「創造主の御選択は常に正しい。それが天上界の真理だ」

いっそきっぱりとガブリエルは口にした。

「おまえがその顔でそれを言うと、そうに違いないと思わず頷いてしまいそうになる」

皮肉ではない。

茶化す気もない。

天上界の真理の天使――その肩書きは伊達《だて》ではないからだ。

「事実、ルシファーを得てからのおまえは以前にも増して凄《すさ》まじいほどの霊力を得た。それは誰もが認めるところだ。おまえ自身が選んだ道だ。それを違《たが》えるな」

ガブリエルの言葉は何よりも重い。

「それがルシファーを穢した報いだとでも言いたいのか、ガブリエル」

「ルシファーは、誰にも、何にも、穢されない。あれは最下《いやした》の館の中にあってさえも、なんら変わることなく常に『光掲げる者』だった。そうではないか？　ミカエル。だからこそおまえは、集いの日に背を向けてまでアザゼルを訪ねているのだろう？」

「己のシャヘルを取り戻すのに誰の許しもいらぬ。そのためになら手段は選ばぬし、どんな手間も厭《いと》わぬというだけのことだ」

わざわざ声を荒らげて主張する必要もないほどに。

「そこへ偶然、アシタロテが引っかかった……とでも言うつもりか？」

「そうだ。時空の濁流に呑まれて運よく流れついたらしいな」

それはいったい、どういう偶然なのか。

……いや。果たして、それはただの偶然だったのか。そこに、誰の思惑もなんの必然も介在していないと断言できるのだろうか。ガブリエルは、それを思わずにはいられなかった。

「ならば、なぜ、すぐに知らせてくれなかった？」

「迷ったからだ」

「何を？」

「おまえはすでに新しいシャヘルを持っていたし、アシタロテは時空の流れに揉まれてすべての記憶を失ったようで自分の本質に気づいてもいない。ならば、わざわざ騒ぎの種を撒き散らすこともあるまいと思ってな」

「だが、あれは、わたしのシャヘルだ」

つい、言葉尻が尖る。

ルシファーのことになると思いもせぬ激情を露《あらわ》にするミカエルだが、そのほかのことに対しては冷淡すぎるほど割り切った口をきく。今更それをどうこう言うつもりはなかったが、事が事だけにガブリエルはやりきれなかった。

アシタロテに対する執着は情愛ではない。他の君主がそうであるように、そういう感情を持つこと自体許されてはいなかった。館においてはそれが異端であり、禁忌へと繋《つな》がるからだ。それを平然と無視してのけたミカエルが異質なのだ。

だが、ガブリエルは己のシャヘルをただの器であるとも割り切ってはいなかった。そうでなければ、最古参と呼ばれるほどの時間をただ一人のシャヘルと共有してはいない。

しかし。そんな想いも、

「そう……。あれは紛れもなくおまえの器だ。『神の強き使者』とその名を馳せる御使え《セラフィム》の光子を孕んで、溢れんばかりの聖蜜を肌に滴らせた極上のシャヘルだ」

ことさら穏やかに告げられて、すっと冷めていくような気がした。

ミカエルが暗に何を言おうとしているのか。それを知るのに大して時間はかからなかった。

「熟れた血の熱さは理性を灼き、正気を喰らう。蜜月のシャヘルの淫蕩《いんとう》さがどれほどのものか……おまえもわかっていよう?」

厳然たる事実をミカエルは突き付ける。

「何より、肌から薫《かお》り立つ芳香は下界の住人の心を惑わし堕落させる魔力にも等しい」

淡々と容赦なく。

アシタロテの肢体を這い回る無数の手を、唇を、舌を、そして男根を、ガブリエルは思い描く。そして、嫌悪する。半ば無意識に……。

微《かす》かに眉間《みけん》を歪め、視線を落として黙り込んだガブリエルの胸中を察するように、ミカエルは口裏で自嘲した。

(結局、私にはこういうやり方しかできぬということか)

二人を取り巻く沈黙は重々しかった。

「それで? おまえは下界で汚辱にまみれたアシタロテを拾い上げてどうする気なのだ?」

ガブリエルは苦々しいものを無理やり噛み砕く。

「私はアシタロテの身体が欲しい。私の思いのままに動く『器』がな」

「アシタロテに取り憑《つ》いて……どうする?」

「ルシファーを抱くのだ」

声にはならない驚愕を呑んで、ガブリエルは双眸を跳ね上げた。

「……ッ！　落ちた先がわかったのか？」

「あぁ……」

「ならば、なぜ、そんな回りくどいことをする？　おまえの霊力を持ってすれば、下界から連れ帰ることなど雑作《ぞうさ》もなかろう？」

訝《いぶか》しげに眉を寄せ、ガブリエルが声を落とす。

「ルシファーの魂魄は暗闇《サタン》の呪力で封じられていて、私には触れることもできない」

衝撃の事実を告げられて、ガブリエルは絶句した。

「ルシファーを『宿命』の個体に封じて下界へ流しただけでは、あまりに芸がなかろう？　アザゼルの助けを借りても意識の目を飛ばすだけがせいぜい……という体たらくだ。まったくもって『神』もなさることにそつがない。そういうことだ」

その口ぶりが孕む真実の重さにヒリヒリと痺れるような殺気すら感じて、ガブリエルは声を呑むことしかできなかった。

ルシファーの霊魂を持つ現し身を、ただひたすら見つめるだけの地獄。まさに、ミカエルにしてみればそういうことなのだろう。

「すぐにでも、攫《さら》って来たい想いばかりが先走る。だが、サタンの呪縛の中では身動きすら取れない」

血が滾り魂すら灼き切れると言わんばかりのミカエルの嘆きがことさら平坦な口調で吐き出される違和感にいい知れない不安を感じて、ガブリエルはただ息を詰めた。

「ともすれば禁を犯して口づけたい衝動すら走る。『神』がそうまでして私とルシファーを裂こうとするのなら……それもまた一興かもしれぬがな」

真摯《しんし》な想いゆえの、一途に暴走しかねない激情。静かな口調で紡ぎ出される言葉には、あまりに危うい本音が透けて見える。

「ミカエル。ただの戯れ言も、聞きようによっては要らざる紛糾《ふんきゅう》の元となる」

わかりきった苦渋ですら、はっきりと言葉にせずにはいられない。事の正否はどうであれ、己の身を賭してまで貫こうとする情愛の激しさに、ガブリエルは今更のように唇を嚙み締めずにはいられなかった。

そんなガブリエルの頰《ほお》を張るようなそっけなさで、ミカエルは更に言い放った。

「だから……アシタロテをくれぬか、ガブリエル。下界の住人は脆《もろ》い土塊《つちくれ》だからな。私がほんのわずか手を伸ばしただけでいともたやすく魂魄が潰れてしまう。だが、おまえの器であったシャヘルならば、その不安もない」

ミカエルの言いたいことはわかる。だが、感情的にすんなり納得できるかと言えば話は別物だった。

「一位の大君主たるおまえが憑依《ひょうい》して思考も感覚も意のままに操れば、ただのシャヘルにしかすぎぬアシタロテの神経がもつまい？」

「だから、未練はないかと尋ねたのだ」

「つまり。あれの末路にまで責任は持てぬから、今、ここで、私に選べと言うのか？」

一瞬の沈黙があった。

「私の自制心も、もはや限界に近い。そういうことだ」

「それほどまでにルシファーに触れたいか？」

「あぁ……。夢魔の力で意識の目を飛ばすだけでは、もはや我慢がならぬ。たとえこの腕にできなくとも、触れて感じる身体が欲しい。それさえ叶うのであれば一位の大君主という肩書きさえもいらぬ」

ガブリエルは深々とため息をついた。

「私が否と言ったら……どうするつもりだったのだ？」

低く掠れがちに問いかけるガブリエルの口調には、揺れ動く思いにひとつの結論を絞り出さざるを得ない苦渋があった。

「無断でアシタロテに取り憑いて、あとで気まずい思いはしたくないからな。憑いた拍子に、いつ何時《なんどき》、あれの記憶が戻るかもわからぬし。そうなれば、すぐにおまえにも知れてしまうであろう？」

「それでは、答えになっていない」

「むろん。下界のあらゆる毒気に染まったシャヘルを館に連れ戻すには、西の座の大君主としての誇りが許すまい……とは思ったがな」

「そういう計算高い台詞《せりふ》を平然と吐けるのは、天上界広しといえどおまえくらいなものだ、ミカエル」

ガブリエルは自分の銀杯になみなみと酒を注ぎ、一気に飲み干した。

✢ 既視感《デジャヴ》 ✢

『……』

囁《ささや》く声がする。

(——なに?)

遠く。

……近く。

高く。

……低く。

サワサワと梢《こずえ》を揺らす風のように。ゆるゆると湖面に広がる波紋のように。ふわりと耳朶《じだ》を掠《かす》めては、また舞い戻る。

『……………』

まろみのある、深い声。

(誰……?)

なのに。どうしても、その囁きを聞き取ることができなかった。

言葉なのか。

歌なのか。

単なる音の羅列でしかないのか。

『…………』

闇を震わす、耳に優しい……その響き。

(待てよッ)

思わず手を伸ばしかけて、キースはすぐに落胆する。摑《つか》めるものなど、そこには何もないのだと知って。

わからない。

摑めない。

届かない。

じっと耳を澄ませても、声はその場限りの陽炎《かげろう》だ。追いかけても、追いかけても。声はまるで逃げ水のようにゆらゆらと揺らめいては遠ざかるだけだった。

『…………』

意味をなさない、不可思議な符号。

それは耳に優しくまつろいながら、そして、不意に搔《か》き消えた。思いもしないほどの喪失感だけを取り残して……。


ときおりガタガタと軋《きし》む窓枠の外は、冷たい風が吹き荒れている。

キースの部屋ではルカがランチを作っていた。フライパンを握る手つきも鮮やかに、彩りの良い料理がテーブルに並んでいく。

「キース。ランチ、できたよ？」

ルカが呼びかけても、返事はない。

リビングでは、ソファーに座ったままキースがスケッチブックにペンを走らせていた。

（あー……またやってる）

キースの集中力は半端ではない。

（夢中になると時間も忘れて空腹感もなくなっちゃうっていうのがスゴイよね）

キースにそんな一面があるとは思いもしなかった。

ルカはキースのそばまで歩み寄って声をかけた。

「キース。ランチにしない？」

「え？　あ……ゴメン」

ハッと目をやって、キースはその手を止めた。

「うわぁ、すっごい美形……」

肩口からキースの手元を覗《のぞ》き込んで、ルカが言った。

「……誰？」

「や……別に、誰ってわけじゃなくて」

「モデルとか、いないの？」

「まぁ、あくまでイメージっていうか。頭に浮かんだ顔を描いてただけなんだけど……」

キースにしては歯切れが悪い。まるで、不可解な気持ちを自分で持て余しているような口ぶりだった。

「へぇー……。でも、僕、キースがこんなに絵が上手いなんて知らなかったよ。何？　将来はイラストレーターとか、そういう仕事がしたいの？」

「まだ、そこまでは決めてない。ただ絵を描くのが好きなだけ」

「そっか……」

柔らかに波打つ長髪。双眸《そうぼう》は知的に鋭く。きっちりと通った鼻梁《びりょう》は気品に冴えている。寡黙であろうその唇は、何より意志の強さを感じさせる。

そんな部分的なイメージを重ね合わせると、ひとつの顔が出来上がる。

初めは何もかもがおぼろげで、まるで摑みどころがなかった。

(こういう感じ？)

頭にあるイメージを描き起こしては、

(――いや。違う)

消して。まるで何かに憑《つ》かれたように没頭する。なぜか、描かずにはいられなかった。

俳優《アクター》？

競技者《アスリート》？

有名人《モデル》？

人間離れしたその美貌《びぼう》に当てはまるような人物にはいっこうに覚えがない。だから、よけいに気になってついムキになってしまったのか。誰だか思い出せないことが、こんなにも苛立《いらだ》たしいことだとは思いもしなかった。

「色を入れるとしたら、金髪……碧眼《へきがん》。…ってとこかな」

なにげない呟《つぶや》きだった。

食い入るように見つめたまま、深々とルカが頷《うなず》いた。

「そう……だね。燦《きら》めくようなブロンドに、サファイアのような深く澄んだブルー・アイ……。きっと、すごく似合う……。似合いすぎて、ちょっと怖そう」

あの日から数日後。ルカはいっそすっぱりと『イリュージョン』をやめてしまった。キースに何を相談するでもなく、しかも、なんの躊躇《ちゅうちょ》もせずに。

いつものように。朝イチの散歩のときに突然それを聞かされて、逆にキースは驚いてしまったくらいだ。

今は公園から遠いがこぢんまりしたフラワー・ショップでアルバイトをしている。

その代わりといってはなんだが、たびたびキースの部屋を訪れるようになっていた。初めは、ただおずおず……と。キースの顔色を窺《うかが》いながら。

だから、キースは自らルカの手を取ってその背を押したのだ。今一歩、素直にルカと向き合うために。

同情でも、憐憫《れんびん》でもない。キース自身が初めてそれを望んだのだ。自分ではない誰かのために、自分ができることをやってみよう……と。

独り寝に慣れたはずの淋しさも、ふと足を止めて振り返れば心の隙間《すきま》に風が吹き抜ける。いったんそれを自覚してしまうと、もう、寒々とした現実から目を逸《そ》らしては暮らしていけなかった。

やがて。両腕いっぱいに食料を抱え、階段を上る足取りも軽やかにルカがやってくるようになると、そこには今までとは違った風が吹き始めた。キースとルカにとっての新しい第一歩を祝福するかのように、ゆったりと優しい色を滲《にじ》ませて。

しかし。それは同時に『イリュージョン』でのキースの立場をいっそう劣悪なものにしたのもまた、隠しようのない事実であった。

「いつまでもつけ上がってんじゃねーぞ、ガキ」

敵意のこもった視線はあからさまだった。

「そのうち、泣きを見るぜ」

投げつけられる言葉の棘《とげ》には選ばれた者に対する嫉妬《しっと》がたっぷり塗《ぬ》り込められている。

「せいぜい、気を付けるこった」

まるで挨拶《あいさつ》代わりのような捨て台詞《ぜりふ》は数知れず……。

ルカが店をやめてしまってからは風当たりはきつくなる一方だった。常連客にとってはまったくの寝耳に水……だったからだ。キースに言わせれば、それこそ。

（おまえら、何様のつもりだよ？）

だったりするのだが。

邪推と憶測がねじ曲がって歪《ゆが》められた事実が一人歩きするのは噂《うわさ》の定番——と言ってしまえば、それまでだが。ルカとキースの関係が根も葉もない妄想だけではないのが彼らを必要以上に苛立たせる原因にもなっていた。

もっとも。キースがその手の挑発に屈したことなど、ただの一度もなかった。

暴言まじりの罵倒《ばとう》には、沈黙を。

露骨な嘲笑《ちょうしょう》には、黙殺を。

誹謗《ひぼう》中傷には、正視を。

キースの態度は変わらない。いっそ見事なほどに。

相手にされない苛立ちと憤激が頂点に達した常連客に、

「聞いてんのかよッ、このヤローッ」

スツールを蹴《け》り飛ばさんばかりの勢いでその胸倉を摑み上げられたときですら、臆する素振りも見せなかった。それどころか、

「俺を殴ったたって、よけいに自分が惨《みじ》めになるだけだぜ」

黒々とした黒瞳の冴えを見せつけるかのように、冷え冷えと正論を突き刺す。まるで、激昂《げっこう》した性根の浅ましさを見透かすような手厳しさで。

ルカに選ばれた自信がそれを言わせるのか。彼らが見抜けなかっただけで、それがキース自身の資質であったのか。

そうして、彼らは一様に思い知るのだ。内封された力の根源は、年齢も体格も、そしてたぶん性別さえも選びはしないのだろう……と。

しんしんと雪が降り積もる。あたり一面を銀世界に染めながら。

テーブルに頰《ほお》づえをついたまま、ルカは幾度目かのため息を漏《も》らす。

本当にこれでいいのだろうか——と。

キースの好意にズルズルと甘えて、とうとう……今ではキースのアパートに居着いてしまった。傍目から見れば、親密な同棲《どうせい》カップルに見えなくもない。

なにしろ、ルカは目立つ。半端なく派手目立ちをする。その存在感だけで、誰もが注視しないではいられない。その自覚はあっても、自然体でいる以外ルカにはどうしようもない。

何を言われても、どんな目で見られているのかも、まったく眼中にないのは強心臓のキースだけであった。

二人が同居を始めたのには、いくつか理由がある。

あれ以来、ロディーたちが馴《な》れ馴れしげにしつこく付きまとってくるようになったことも、原因のひとつではあった。

はっきり言って、ルカは怖いのだ。彼らが……というよりはむしろ、自分が。底なしの快楽に取り込まれてしまいそうで。

アレクと別れて以来、ルカは誰とも深い関わりを持たずに生きてきた。自分自身をずっと戒めてきた。

だが。ロディーたちとのことがあって、その枷《かせ》がなくなった。

今更のように思い知らされた。淫乱《いんらん》な自分の本質は何も変わっていないのだと。それが、何よりも怖い。

キースには話した。独りでいたくない理由を。誰かに付け回されているようで不安なのだ。

「だったら、ここに来れば？　どうせ俺は一人だし。ルカさえよければ、だけど。そっちのほうが安心だろ？」

キースがそう言ってくれたから、同居に踏み切った。それで不安と危惧《きぐ》がすべて解消されたわけではなかったが、気分的にはずいぶん楽になった。

だが。最大の理由は、やはりキースの存在にあった。一緒にいたいのだ。どんな理由をこじつけてでも。

そんな身勝手な想いが、もしかしたらキースの負担になっているのではないだろうか。キースが何も語らない分、それを思うと、どうにもため息が止まらなかった。

キースはまだ帰ってこない。

堂々巡りの物思いに疲れ果て、ルカは、テーブルにぐったり突っ伏した。

暗闇の中、雪は降り積もる。無言の音を奏でながら。絶え間なく……。いつの間にか、うつらうつらと寝入ってしまったルカを夢の奥底へと誘うように。

規則正しい寝息も、今は……聞こえない。

しかし。

その瞬間。

なんの前触れもなく、ルカの双眸がゆうるりと切れ上がった。

瞬きもせず頭をもたげ、ルカはゆったり視線を巡らせる。

下から、上へ。

そのまま、右へ。

それと寸分狂わぬ正確さで、左へ……と。

そして――笑った。

唇の端をわずかに吊《っ》り上げ、いつものルカからは想像もつかない不敵さで。

『……＊＊……』

声が囁く。

逸《はや》る鼓動をやんわり搦《から》め捕るような優しさで。

『……＊＊＊……』

囁きは甘い。

甘くて……。

優しくて。

なぜか……。わけもなく胸が詰まって泣けてくるのだった。

『……＊＊＊＊＊……』

囁きは繰り返す。

耳慣れない異郷の言葉で。

悲しいかな。何を言っているのか、キースには理解できない。

だが。言っている言葉の意味はわからないけれども、なぜか、繰り返し囁く声が自分を呼んでいることだけはわかるのだ。

それだけで吐息が熱くなる。声にならない疼《うず》きが、喉《のど》を、唇を、思考を——じわりと灼《や》いていくように。

理由は……わからない。

なのに。今あるすべてを投げ出してふるいつきたくなるほどに、それは見知らぬ異郷への郷愁を掻き立ててやまなかった。

静かに昂《たかぶ》る鼓動の震えがフツフツと胸を掻き毟《むし》る。そこに潜む何かが、囁きと呼応するかのように。

共振して。

共鳴して。

反響する。

『……＊＊＊＊＊＊＊＊＊……』

囁く声の深みのあるまろやかさ。

懐かしさ。

それだけで、もう、身体の芯《しん》まで蕩《とろ》けてしまいそうになるのだった。

目覚めたとき、すでにルカの姿はなかった。

フラワー・ショップの朝は早い。ただのアルバイトといえども、例外ではないのだろう。むしろ、嬉々《きき》として仕事に励んでいる。ようやく、天職を見つけたかのように。

キースも、年が明けたら、どこか昼間の働き口をみつけようかと思っていた。ルカには。

「おまえ目当ての奴がごっそり引いちまって客の入りはガタ落ちだけど、前より風通しがよくなって万々歳だ」

などと、見栄を張ったが。居残った連中はよけいにタチが悪かった。まるで、キースに絡んで管《クダ》を巻くことが日頃の鬱憤《うっぷん》晴らしであるかのように。

ルカと同居を始めて、まだ一ヶ月。

家賃も二人で折半するようになって、それなりに気持ちの余裕も出てきた。その分、時間を見つけてはキャンバスに向かうことが多くなるキースだった。

ほんの少し前までは、誰かとともに生活することなど考えもしなかった。寄宿舎生活はほかに選択肢がなかったから同室でも我慢できたが、アパートで一人住まいをするようになってからは絶対に無理だと思っていた。

なのに、今はルカといることになんの違和感もない。自分でも大した心境の変化だと思うキースであった。

だからといって、何もかもがなし崩しに変わっていったわけでもなかった。

同じ部屋で、ひとつのベッドを共有していながら、二人の間には必要以上に肌を触れ合わないという暗黙の了解めいたものがあった。

惹《ひ》かれ合うものは確かにある。どことなく、絆《きずな》めいたものを感じた。

——だが。

触れなければ失わない。

キースの頭にも、ルカの胸中にも、なぜかそれがこびりついて離れなかったのだ。

いつものことながら、絵筆を握っていると時間が経《た》つのも忘れてしまう。特に、仕事が休みの日にはそれが顕著だった。ふと気がつくと午後の二時をとうに過ぎていた。

「そういえば腹も空いたな……」

大きく背伸びして立ち上がったキースは、セーターの上にダウンジャケットを着てそのまま出ていった。

アパートから歩いて十分くらいのところに、安くて美味《うま》いシチューを食わせてくれる店がある。そこで昼食《ランチ》にしようと思った。

すでに顔馴染《なじ》みになった店主は、ギギギッ…と油が切れかかったような音のする扉を開けてキースが入ってくると、肉付きのよい赤ら顔を綻《ほころ》ばせて、

「らっしゃい」

歯切れのいい挨拶を投げて寄越した。

「いつものやつね」

お義理ではない笑顔を返して、キースはカウンターの奥の席に腰を下ろす。

昼食時《ランチタイム》には外れているせいか、雑然とした騒がしさも今日は半減していた。

食事はたっぷり時間をかけて摂る。

そうやって身体も充分温まって店を出たキースは、ふと思いたって、ルカが働くフラワー・ショップへと足を向けた。

店を出て散歩がてらにゆっくり歩いて二十分。ティングス・ストリートとパジア・ストリートが交差する角に、フラワー・ショップ『キャトミア』がある。

ルカが言うところによれば『妖精の王国』という意味があるらしい。店主《オーナー》は女性ということだから、店名もそれなりにメルヘンチックなのかもしれない。

色とりどりの鮮やかな花々に囲まれたルカは実に生き生きとしていた。

翳《かげ》りのない笑顔は華やかで眩《まぶ》しすぎるほどだった。それがルカの本質なのだと思うと、今更ながらの嘆息が漏れた。

『天使』にはやはり、薄暗く淀《よど》んだ『イリュージョン』の紫煙よりも暖かな陽光に映える花々がよく似合う。

ゆったりとひとつに束ねた茶髪さえもが、夜と昼では輝きも違うのだ。

(それにしても、昼間っからえらく混んでるよなぁ……)

たぶん……きっと、女性客の半分以上はルカが目当てだろう。それが単に若い女性だけでないのが、ルカの人タラシの面目躍如だったりするのかもしれない。

(だって、天使様だしな)

客層は違ってもルカが目立ちまくりであることに変わりはないが、『イリュージョン』よりもずっと健全である。それを目の当たりにして、キースは自然と頬が緩んだ。

そして。水を得た魚のように生気あふれるルカの姿に目を奪われたまま、ふとキースは錯覚する。

いつか……。

どこかで……。

こんな光景を見たことがあるような気がする。

そう思った瞬間。なぜだか、わけもわからずカッと頬が熱くなった。

そうして。行き過ぎる車の音にハッと我に返って苦笑する。たぶん、これもこのところ頻繁《ひんぱん》に起こる既視感なのだろうと。

眼前のルカの姿に不思議と心が和む半面、キースの脳裏にはひとつの懸念がこびりついていた。

夢に取り憑かれると言えばなんとなく薄気味悪いが、ぐったりと……まるで睡魔にでも魅入られたような深い眠りの中で、キースはときおり奇妙な夢を見ることがあった。

あれは淫夢とでもいうのだろうか。とてつもなく淫《みだ》らで、思い出しても赤面するような、ひどく生々しくてエロティックな夢なのだ。

始まりはいつも闇の中だった。ねっとりと重い、真の闇。じっとりと汗ばむ鼓動の速さが。

わななく唇の震えが。容赦なく身体の芯を突き上げる。

キリキリと吐息を絞り上げて押し寄せる快感の疼きは、身悶《みもだ》えしたくなるほど切なかった。

いきり勃《た》ったものを両手で慰んでも手荒に扱《しご》いても、一向に断ち切れない。

それが辛《つら》くて、我慢できないほど苦しくて、血が滲むほど唇を噛《か》み締めて――喘《あえ》ぐ。

(だれ……か)

呼ぶ。

(誰かッ)

すがる。

(――ッ!)

哀願する。

(…###…)

まったく覚えのない名前を口にして。知らない誰かを求めて。

喉が灼けるほど叫んで――哭《な》く。

それ以外、どうすることもできなくて……。

すると。まるでそのタイミングを見計らったように、誰かが囁くのだ。

『…****…』

キースではなく、もっと別の懐かしい名前を……。ひたすら甘く、優しく、淫らな声で。

キースは泣いてすがりつく。顔も名前も……実体すらわからないその声の主に。腕を摑み、足を絡めて哀願する。誰――とも。何……とも知れない、その甘美な囁きに呪縛《じゅばく》されることを自ら望んで。

耳朶を嚙む唇の熱さが……たまらない。

ゆるゆると絡みついてくる愛撫《あいぶ》のしなやかさは蕩けるように甘く。ふつふつと滾《たぎ》る血の疼きは痺《しび》れるような快感へと昇華し、背骨が反り返る拍動の硬直を誘って一気に弾け飛ぶのだった。快楽と愉悦の渦の中へと。

そうやって、淫夢は繰り返される。何度も。

現実ではとても口に出せないような淫猥《いんわい》な言葉を吐き出すまで、何度でも。まるで、夢の中の昂る血潮の熱さまでもくっきりとその肌に刻みつけるかのような執拗《しつよう》さで。

絡みつく愛撫は緩急自在に蠢《うごめ》いてキースを嬲《なぶ》る。頭の芯が白濁するまで翻弄《ほんろう》する。

指で。

唇で。

舌で。

抓《つま》まれ、揉《も》まれ、扱かれて。

吸われ、擦《こす》られ、ねぶられて。

――いかされる。

何度も。

何度……でも。

灼けつくような感触は肌が粟立《あわだ》つほど生々しいのに、目が覚めてみると夢精した痕跡もない。ただヒクヒクと痙攣《けいれん》を起こしたような四肢の痺れとけだるさだけが唯一、その淫夢の名残《なご》りであるかのように。

ひとつのベッドを分け合っているからといって、そんな淫夢を見るのがルカのせいだとは思わない。……思いたくなかった。たとえ、それが、ルカと暮らすようになって始まったこととわかっていてもだ。

ルカを想う気持ちをどう表現すればいいのかわからない。キースはルカに欲情しているわけではなかった。ほかのことはともかく、それだけは確信をもって言えた。

ルカの場合は、もっと顕著だった。『イリュージョン』の常連客の誰かにレイプされたというトラウマなのか。それとも、何かもっと別の事情があるのか。

キースに寄せる親愛と信頼はあっても、決して一線を踏み越えようとはしなかった。挨拶代わりのハグどころか、冗談めかしであってもキースに指一本触れようとはしなかった。

そういう意味では、二人の同居は奇妙なほどに不自然であったかもしれない。

学院の魔物——などという不本意の極みである屈辱を味わった学生時代ですら、性的なことに関しては、自分でも呆《あき》れるほどに淡白だった。

思春期の性欲を持て余しているクラスメートとは明らかな差異があった。その手の卑猥なジョークで盛り上がるような友人もいなかった。

それは否定できないが、キースの場合、それ以前に自分の貞操が賭《か》けの対象にされることに絶対的な嫌悪感があった。

性衝動＝《イコール》忌避感。そうなってもおかしくないほどに。

なのに。今になって、なぜ？　それを思うたびに、やりきれない自己嫌悪に唇が歪む。

夢の中の自分は、まるで淫乱な色情狂のようでもあった。

愛撫をねだり。腰をくねらせ。唯々諾々《いいだくだく》と足を広げる――痴態《ちたい》。それを思い出すにつけ、口の中がやたら苦かった。

（こういうの、欲求不満って言うのかな。やっぱり……）

学院時代のツケが今になって一気に廻ってきたとも思えない。

暗闇の中から一糸まとわぬ身体に優しく絡みついてくるあれは、いったいなんなのか。身悶えするほどに渇望する情欲の在処《ありか》はとうにその答えを知っているような気もするが、惑乱する頭の中ではどうしても思い出すことができなかった。

そのままルカに声もかけず、キースはふらりと身を翻《ひるがえ》した。

わけのわからないモヤモヤをすっぱり切って捨てるように大股でガツガツ歩く。そうやってティングス・ストリートを斜めにざっくり横切ってしまうと、ようやく、どっぷりとしたため息が落ちた。

それから気を取り直して、また歩き出す。

個性的にディスプレイされたショーウィンドーは、気分直しに目を楽しませてくれる。

キースはぶらぶらと通りを歩いていた。

——と。いきなり、背で追いすがるようにクラクションが二度鳴った。

思わず、足を止めて振り返る。

「よお、キース。元気そうだな」

すっと車を寄せて顔を覗かせたのがダニエルだと知って、キースはしんなりと眉《まゆ》を寄せた。

(今更、何?)

ダニエルとの決着はついたはずなのに。それを思うと、ただの困惑ではない不快感がその目に滲んだ。

「どこまで行くんだ? 乗れよ、送ってやるから」

ダニエルが言う。まるで、あの日の捨て台詞など忘れてしまったかのように。

キースは無言で睨《ね》め付ける。

それすらもが予測の範疇《はんちゅう》とばかりに、ダニエルは口の端で笑った。

「そんな、バリバリに身構えなくてもいいだろ? 別に取って喰おうってわけじゃないんだから」

本当にいい性格をしている。ダニエルを見ていると、人生の経験値の差を感じないではいられない。

「なんの用だよ」

キースの口調は固い。

「家は？　近いのか？」

「あぁ……まぁ」

「じゃ、コーヒーでも奢《おご》ってくれよ。それくらい、どうってことないだろ？」

ダニエルはめげない。

「なんで、俺が、そんなことをしなくちゃならないわけ？」

「いいじゃねーか、コーヒーくらい。ケチケチすんなって」

窓から身を乗り出すようにして平然と口にする。

呆れた厚顔ぶりに、キースは小さく舌打ちを漏らした。

（こいつって、ホント自己チューっていうか、人の都合を完璧に無視してくれるよな）

キースには理解できない。ダニエルがいったい何を考えているのか。わかっているのは、ただひとつ。とんだ疫病神《やくびようがみ》に見込まれてしまったということだけだった。

（まっ、いいか。ルカもいないしな）

このままあっさりダニエルを振り切れそうにないのを自覚して、キースはボソリと呟いた。

ダニエルを伴ってアパートに戻ったキースは、部屋の鍵《かぎ》を開けて無言で中へ促す。

遠慮もなくつかつかと入り込んだダニエルは、興味津々《しんしん》でぐるりと目をやり。

「へぇー。なかなかシンプルでいいじゃないか」

返すその目をキースに向けた。

「無理すんなよ。どうせ、家賃が安いだけのアパートなんだから」

キースが素っ気なく苦笑すると。ダニエルは一瞬、意外なものでも見たような顔をした。

「なんだよ、変な顔して」

「いや……。笑うと意外に可愛《かわい》いんだな……とか思ってな。前とえらくイメージが違うんで、つい面食らった」

「無愛想でズケズケものを言う、憎ったらしいガキだと思ってたんだろう？」

キースが切り返すと、ダニエルはニヤリと笑った。

「まぁ、な」

押し殺した感情の白刃が火花を散らしたあのときとは、確かに違う。和やかというには語弊があるが、それでも、あのときと比べれば二人を取り巻くものは不思議なほどの穏やかさであった。

それはダニエルの注文通りにコーヒーカップを両手にキッチンから戻ってきたキースを横目に、ダニエルの口からルカの名が漏れたときですら変わることがなかった。

「同棲してるんだってな、あいつと」

ある意味、キースにとっても予測できたことだったからだ。

「地獄耳だな」

「そりゃあ、な。気になって当然だろ？　なにせ、おまえは俺に大見得切ってくれたんだからな、アレクとは違うって……」

返事をする代わりに、キースは片方のコーヒーカップをダニエルに突き付けた。

「まっ、じっくり見物させてもらうさ。俺が思ってる通り、あいつが男を骨抜きにする正真正銘の堕天使なのか。そうでないのか、をな」

皮肉にはならないそっけなさにダニエルの頑《かたく》なな本音が透けて見える。

「そんなふうに思ってるのは、たぶん、あんただけだろうぜ。ほかの奴らに言わせりゃ、俺のほうが天使を誑《たぶら》かす小悪魔……らしいからな」

ダニエルは、わずかに口の端を捲《めく》り上げた。

「風当たりが相当キツそうだな」

「ぜんぜん気にならないって言ったら、ウソになるけどな」

「相変わらず、自信たっぷりだな。そんなに惚《ほ》れてんのか？」

「今更何を言われたって、別に構わないってだけさ」

本音である。その一方で、内心、げんなりもする。

（やっぱり、ダニエルもほかの奴らと同じで、俺がルカとやりまくり……とか思ってるんだろうなぁ）

ひとつベッドに寝ていても、ルカとの間には何もない。そう言ったら、ダニエルはいったいどんな顔をするのだろう。それがチラリと頭をかすめたものの、今更ダニエルの思い違いを正す気にはなれなかった。

「んで？　あいつは？」

「今は、花屋でバイト」

一瞬、ダニエルはピクリと眉を跳ね上げた。どうやら、ルカが『イリュージョン』をやめたことまでは知らなかったようだ。

「花屋、ねぇ。……どこの？」

「教えない。あんたがまた、営業妨害したら困るし」

「こりゃまた、手厳しいな」

「だから、マジだって。ルカ、頑張ってるんだから、邪魔すんなよ」

そこだけはきっちりと釘《くぎ》を刺す。

「はい、はい」

口調はあくまで軽い。相変わらず、目は笑っていないが。

(こういうところが胡散臭《うさん》すぎるんだよなぁ、こいつ)

明らかに『こいつ』呼ばわりするには、ダニエルの年齢どころかロクに素性も知らないキースであった。

そんなキースの態度にそれ以上の探りを入れることをあきらめたのか、ダニエルは最後の一口を飲み干すと。

「んじゃあ、な。おまえらの愛の巣も見学できたし。そろそろ退散するか。コーヒー、ごちそうさん」

ゆったりと立ち上がり、小さな紙片をキースに押しつけた。

「何、これ」

「俺の電話番号」

「ふーん……」

「何かあったら、電話しろ」

「何かなんて、ねーよ」

キースがじろりと睨《にら》むと。ダニエルは。

「だから、あくまで、何かあったときの保険だ」

その一瞬だけ、やけに真剣な顔をした。

ダニエルの後ろ姿を見送りながら、ふと誰かの影がダブって見えたような気がして、キースはわけもなくドキリとした。

（やっぱり、なんかおかしい……）

キースは奥歯を噛み締める。

あの淫夢といい、このところ頻繁に起きる既視感といい。それが、いったいなんなのかわからないというもどかしさだけが日増しに募っていく。

足下の現実が、不意にぼやけてしまうような不安感。そんな漠然とした錯覚が、じわりと、にじり寄ってくる。

単なる思い違いではない苛立ちは日に日に強くなる。そんな思いを無理やり切って捨てるように深々と息をつき、キースはのろのろと絵筆を取った。

見知らぬ美貌の青年像はほとんど完成しつつある。まるで帝王然とした迫力のある微笑に語りかけるように、キースは低く呟いた。

「どうかしてるよな、この頃の俺って……」

キースのアパートを出て、歩道に積もった雪に足を取られないように愛車に乗り込むなり。

「今更、何を言われても構わない……か」

ダニエルはひっそりと呟いた。

「大した自信だよな、まったく」

深々と息をつく。

あのとき。キースに投げつけられた痛烈な台詞を思い出さずにはいられない。

《あんたは悪魔祓《ばら》いを気取って、一生そうやってルカに付きまとうつもりなのか》

まったくもって耳に痛すぎる一撃であった。ダニエルの中で凝り固まったものが、不意にキリキリと疼いた。

《アレクがあんたよりもルカを選んだ。あんたは、それが許せないだけなんだ》

その瞬間、目の前が赤く灼け爛《ただ》れた。

自分では決して認めたくない真実。それを自分よりも年下のまだ少年然とした青年にいともあっさりスッパ抜かれたのがどうにも我慢ならなかった。

だから、思わず手が出てしまった。

（ルカの本性をバラしてきっちり諌《いさ》めるはずのガキ相手に、思いがけない反撃をくらっちまってブッ叩《たた》いてしまった。あーゆーのを醜態の極みっていうんだろうなぁ）

自覚があるだけにけっこうヤバイ。自分は毒口を叩いても非暴力主義だと思っていたので、よけいに。

気に入らないことがあるとすぐにキレて暴力に訴えるような奴は軽蔑《けいべつ》していたくらいだ。

なのに、である。衝動が止まらなかった。

（狙《ねら》った獲物は逃がさない。食らい付いたら絶対にシャッター・チャンスは逃《の》がさない。業界のハイエナ呼ばわりされてるこの俺が、だぞ？）

忌《い》ま忌《い》ましげに唇を歪め、ダニエルは煙草《たばこ》に火をつけた。

おもいっきり後頭部を蹴り上げられたような痛みは、今でもくっきりと鮮明だ。

アレクの死に様を目の当たりにして焼き付いた、ルカへの憎悪。たぶん、その慟哭《どうこく》にも似た痛みは一生抜けることがない——と思っていたのにだ。

（不出来な兄貴《俺》と違って表舞台の王道を行く弟《アレク》を骨抜きのズタボロにして見捨てやがったあの悪魔を許せる日なんて、絶対に来ない。なのに……なんでだろうな。キースを見てると、頭の芯にまとわりついてたルカへのドス黒い殺気が薄れちまう）

おかしいだろ。

違うだろ。

笑えないだろ。

怒って、否定して、吐き捨てても、その事実は消えない。

そして、今日。クソ生意気なガキを改めて目の前にして、ふと思った。あのルカが、なぜ、金も権力も持たないただのガキにあれほどの執着を見せるのかを。

ダニエルには、年齢よりも多少老成したクソ生意気なガキにしか見えないが。もしかして、ルカは違うのだろうか。

だからこそ、どうにも気になってしようがない。あの二人が見つめている先には、いったい何があるのか。

キースには『じっくり見物させてもらう』とは言ったものの、とても傍観者など気取ってはいられそうもない。ダニエルは、そういう意味ではまったくルカを信用していないからだ。

(気は抜くなよ、ボーズ。人間の本性がいきなりコロリと変わるわきゃあないんだ。あいつに引っかかって人生をドブに投げ捨ててしまった奴はアレクだけじゃないんだからな)

ダニエルは最後に煙草を一息深く吸って紫煙を吐き出すと、吸い殻を窓の外に投げ捨てた。

ルカは見ていた。

暮れなずむ窓枠に背をもたれたまま。身じろぎもせず……。

キャンバスに描かれた美貌の青年を凝視する。食い入るように。

そうして。

「封印は閉ざされた魂魄《こんぱく》が自らの意志で真に目覚めたときに限り解き放たれる。……ならば、詰めはじっくりとな」

いつもの柔らかな声音を裏切るかのような語調の低さでそう呟くと、ゆうるりと片頬で笑った。冷然と。

✝✝　封印　✝✝

フラワー・ショップ『キャトミア』はルカがアルバイトを始めてから、狭い店内は時間帯や天候に関係なく押すな押すなの大盛況であった。

「いらっしゃいませ」

思わず絶句してしまうほどの美貌の店員がいると口コミで広がって。

「どのようなお花をお探しですか？」

柔らかな口調と、一人一人と目を合わせるきちんとした対応が評判を呼び。

「ありがとうございました。また、よろしくお願いいたします」

営業用ではない笑顔に送り出されると、なぜか、この上もなく幸せな気分になるのだった。

当然のことながら、ルカがアルバイトに入ってからは売り上げもグングン急上昇。『イリュージョン』とは別口で、やはり、ルカ目当ての客が殺到して夕方近くになっても人波が途切れることはなかった。

「アシュレイさん。僕はこれで失礼します」

午後四時になると、ルカのアルバイトは終了である。

といっても、営業時間が午後七時までの店内はなかなか客が捌《さば》けなくて、たいがい時間は後ろにずれ込んでしまうのだが。それではいつまでたっても終わらないので、店主であるアシュレイからは『時間になったらさっさと奥に引っ込んで構わないから』と苦笑まじりに言われていた。

「はーい、お疲れさま。あ……ルカ」

「はい？」

「明日、早番で大丈夫？」

「えー、大丈夫です」

「ホント？　ありがとう。助かるわ」

「じゃ、お疲れさまでした」

店の裏口から、そっと出る。ルカを目当ての客はけっこう目敏《めざと》い。最近ではそうでもなくなったが、中にはルカを裏口で待ち構えている非常識な女性客もいるのだ。そういう客は常連客に嫌われると相場は決まっていたが。

何度注意しても懲《こ》りずにしつこくまとわりついていた女性には接近禁止令が出て、強制的に排除された。女性は女性に厳しい——とは、よく言われることであるが。偏執狂《ストーカー》まがいの行為は絶対に許さないと、オーナーの断固たる態度は称賛されることはあっても非難はどこからも上がらなかった。

（あ……そうだ。『イクシー』でパンを買って帰ろう。あの店のベーグル、キースが大好きなんだよね）

幾分急ぎ足でルカは歩道を歩く。通りの角を曲がって裏通りに入るといきなりバタバタと足音がして、背後からナイフを突き付けられ、ルカはギョッと立ち竦《すく》んだ。

「騒ぐなよ、お綺麗《きれい》な兄ちゃん」

「そうそう。ケガ、したくねーだろぉ？」

ルカの顔からしんなりと血の気が引いていく。

どこからどう見てもチンピラにしか見えない連中はぐるりとルカを取り囲んで、人気《ひとけ》のない薄暗い路地裏へと押し込む。

ルカを見る目つきを見れば、その目的は一目瞭《りょうぜん》然だった。

（ダメ……ダメ……ダメッ）

ロディーたちに輪姦《りんかん》されたときのトラウマがフラッシュバックして、ルカは蒼《あお》ざめる。

ルカは無駄と知りつつ激しく抵抗する。しないではいられなかった。あんなことはもう、二度と厭《いや》だったからだ。

チンピラ連中は怯《おび》えるルカを言葉で、しぐさで、ナイフで脅《おど》しながら壁に押さえつける。押さえつけられてガツンと壁に頭をぶつけたルカは、一瞬、気が遠くなった。

「おい。下だけ脱がせろ」

「へへ……まかせとけって」

鼻ピアスの男がルカのズボンに手をかけた——瞬間。ルカの細い首を鷲掴《わしづか》みにして押さえつけていた顎髭《あごひげ》の男ともども弾き飛ばされた。

いや……吹っ飛んだ。まるで何かものすごい衝撃を喰らったかのように吹っ飛んで、鼻ピアスの男は頭からアスファルトに突っ込んだ。

——瞬間。グチャリと、嫌な音がした。頸《くび》がいびつにねじ曲がっていた。顎髭男は磔刑《たっけい》に処せられたかのごとく全身が壁にめり込んでいた。二人とも、ピクリともしなかった。

いきなり、突然。いったい何が起こったのか。

わからない。

あり得ない。

これって——現実?

それとも、幻覚?

残りの男たちは啞然《あぜん》となった。呆然《ぼうぜん》と目を見開いた。下卑た笑いがいびつに歪んで顔に貼《は》りついたまま。

「下種《ゲス》が、穢《けが》らわしいな」

すこぶる高圧的な口調でルカが言った。その顔つきも、物腰も、先ほどまでとはまるで別人だった。

いきなり豹変《ひょうへん》したルカが発した言葉で、ようやく、凍りついた時間が動き出す。

「これは滅多に手に入らぬ貴重な器なのでな、勝手に触れることは許さぬ」

何がなんだかわからない。その場の空気に呑《の》まれて足が竦む。手の震えが止まらない。怖《お》じ気ともつかないものにジワジワと侵蝕される恐怖感から逃れたくて、男たちはアドレナリン全開になった。

「うららららぁぁぁぁ～～～ッ！」

「……ッしゃあぁぁぁぁッ！」

「クソがぁぁぁぁ～～～ッ！」

奇声を発して一斉にルカに殴りかかる。

不気味に燦めくサバイバルナイフの切っ先を避けるでもなく、逆に難なくその手首を摑むとまるで棒切れでも振り回すようにして、まずは一人目を張り飛ばし、間髪を容《い》れずに二人目に蹴りを見舞った。

ドシュッ！

バキッ！

ゴキッ！

ひどく生々しい音がして、男たちは不様にアスファルトに沈んだ。最後にルカは顔色ひとつ変えずに男の手首を握り潰《つぶ》した。

「ギャッあああぁッ！」

男は絶叫する。失禁して、白目を剝《む》き、口から泡を吹いて悶絶《もんぜつ》した。

「楽園を追われた土塊《アダーマ》の末裔《まつえい》は、やはり脆《もろ》いな」

ルカはひっそりと漏らすと、まるでゴミでも捨てるように放り投げた。

（シャヘルが肌に香らせる淫蜜《いんみつ》は下界の住人を堕落させる魔性の媚薬《びやく》。ルシファーとともにあるときはこれの淫蕩《いんとう》な気も収まってはいるが、一人ではまだ抑えが効かぬようだな。もっと、ルシファーの精を吸わせてみるか。ルシファーの精を喰らえばこの身の淫蕩さも少しは薄まる。私にすれば思いがけない誤算であったがな）

ルカは──いや、ミカエルに憑依《ひょうい》されたルカは倒れ伏したチンピラには一瞥《いちべつ》もせずに歩いていく。それを見咎《みとが》める者など一人もいなかった。

そうして、本通りまで歩いて。ミカエルの気がいきなり消失した。

瞬間、ふっと我に返って。ルカは、くらりと目眩《めまい》を覚えてよろめいた。

「あ……れ？　僕……何を。あ……そう、だ。ベーグル……『イクシー』でベーグルを買わなくちゃ。やだな、僕……何をボーッとしてたんだろ」

ひとりごちながら、ルカは足早に歩いていった。

その日の午後三時近く。

時計の針に急き立てられるように、いつになくルカは苛ついていた。

待ち合わせの時間まで、あと三十分しかない。

(あぁ……。やだな。アニスってば遅いんだから、もう……)

今朝、起きてみると。テーブルの上にキースの走り書きがあった。今日は久しぶりの休みだから、ルカの仕事が引けたあとに『ブルー・バロン』で待ち合わせて、久しぶりに映画でも見よう――と。

このところ、互いに忙しすぎてまともに会話する時間もなかった。ルカは朝からバイト、キースは午後五時には『イリュージョン』へ。擦れ違いの生活だった。それを気遣ってくれたのだろう。

だからルカは、いつにもまして笑顔満面でアパートを出たのだ。今夜はどこかで食事をして映画デート。それを思うだけで、朝から気分も弾んだ。

なのに、遅番のアルバイトであるアニスは、二時半を過ぎてもまだやってこない。

約束の時間が間近に迫るにつれ、ルカは苛々と落ち着かなかった。


そのとき。

部屋を出てドアに鍵をかけようとキーを差し込んだ、瞬間。

キースはいきなり背後から突き飛ばされて、嫌というほど顔をドアにぶつけた。

目から火花が散る……どころではない。一瞬、目の前が真っ暗になった。

——とたん。足も腰もガックリと力が抜けて、そのままズルズルと崩れ落ちた。

グワングワングワン…………。けたたましく耳鳴りがする。

何がなんだかわからない。

……………ズキズキズキズキ。頭の芯から無数の激痛が罅《ひび》割れていく。

異様な圧迫感に息が詰まって声も出ない。べったりと滲む冷や汗だけがキースの首筋を、脇を、背中を舐《な》めていく。

そして、ゾクリとくるような悪寒に身体が震えたとき。

「独り占めはねーだろぉ?」

妙にくぐもった低い掠れ声がキースの耳に落ちた。

「みんなのお楽しみを独り占めにしちゃ、いけねーよな?」

声はうっそりと笑う。喉の奥で引き攣《つ》れたように。

笑いながら、キースの髪を鷲摑みに捻《ひね》り上げる。

「もう、たっぷり……楽しんだだろぉ?」

語尾を巻き舌で跳ねるような独特な口調には聞き覚えがあった。ロディーだ。

「どうだった? 天使様の味はよ。最高だったろぉ? 俺たちがたっぷり慣らしておいてやったからな」

露骨に悪意の毒を垂れ流す。

(やっぱり、こいつ……か)

キースは眉間《みけん》の芯が更にズクリと疼くのを感じた。

ルカは最後まで、誰に暴行されたのかは言わなかった。キースも無理やり聞きだそうとはしなかった。犯人がロディーたちであろうことはわかりきっていたが。

「あいつはあー見えてスゲー淫乱だからな。あのおキレイな白い尻《ケツ》にブチ込んでグリグリ抉《えぐ》ってやりゃあ、もうヒーヒーよがり狂って最初から最後までイキっぱなしだったぜ」

ねっとりとした淫猥な含み笑い。その胸くそ悪さに誘発されて、あの夜の無残なルカの姿がオーバーラップする。

「だから、な。おまえみたいなガキじゃ喰いたりねーとさ」

ツキン、ツキンと、渋る痛みを噛み殺して無理やり双眸をこじ開ける。そこにいたのは、やはりロディーだった。

「あれは……俺たちのもんだ。おめぇの出る幕はねーんだよ。わかったな？　俺たちゃ、ききわけのないガキは嫌いだ。それでもエラソーな口を叩きやがると……」

言いながら、ロディーは左手でゆったりキースの喉を締め上げる。

更に、たっぷりと脅しの乗った舌でキースの耳朶を舐め上げると。

「二度と悪さできないように、タマを握り潰してやるぜ」

もう片方の手で憎々しげにきつく、まるで憎悪を過ぎた殺気すら込めてキースの股間を掴み上げた。

全身が総毛立つような嫌悪と、眦《まなじり》が切れ上がるほどの憤激に、一瞬、キースは我を忘れた。

――瞬間。

ロディーは。『カッ！』と見開かれたキースの黒瞳に灼熱《しやくねつ》の焔《ほのお》が走るのを見た。

――とたん。

右手と左手の両端から凄《すさ》まじい痛みが走り抜けるのを感じて。

「うッぎゃややや～～ッ！」

声帯が引き潰れたような声で仰《の》け反《ぞ》った。

ロディーの背後でただニタニタと事の成り行きを見物していたマッシュとラウルは声を呑ん

で凍りついた。

いきなりの絶叫に度肝を抜かれたからではない。

白目を剝いて不様にひっくり返ったロディーなど、二人は眼中にもなかった。

二人は冷たく蒼ざめたキースの双眸に呪縛されたかのように、ひたすら息を殺す。

バリバリと逆立つ黒髪を一瞬深紅のフレアに染めて、キースがゆらりと立ち上がった。

「ひぃぃぃぃ〜〜ッ……」

「わ、わ、わぁぁぁぁッ」

意味をなさない悲鳴を上げて脱兎《だっと》のごとく駆け出し、まるでお約束でもあるように階段を見事に踏み外して転げ落ちていった。

「学院の魔物……ね」

ボソリと漏らしざま、キースはゆったりと鍵を拾い上げた。

久々にやってしまった。別になんの後悔もないが。

正直なところ、あんなことは、卒業してしまえばそれで終わりだと高をくくっていたわけではない。

なぜなら。キースを狩ろうとして襲いかかってきた上級生たちは、うんざりするほどのワンパターンで同じ言葉を投げつけてきたからである。

《そんな目で、おれを挑発したおまえが悪いんだ》

《誘ってんだよ、おまえが》

《変なフェロモン垂れ流してんじゃねーよッ》

キースには、そんな言葉で卑劣な行為を正当化しようとする連中の思考回路がまるで理解できなかった。

抑圧され、隔離された集団生活から解き放たれれば、その矛先も少しは違ってくるのではないか。そんな期待もあるにはあったのだ。

しかし。どうやら、そうでもないらしい。場所が変われば状況も変わる……というだけのことだと知って、キースはどっぷりと重いため息を漏らした。

キース自身、自分の何が彼らにそれを言わせるのか……わからない。

同様に、彼らが自分の何を見てあれほどまでに怯えてしまうのかもわからない。

ただ、眉間の芯が灼き切れそうな憤怒に突き上げられると、なぜか視界が二重にブレてしまうような違和感を覚えるのだ。それが他人の目には、どうやら、とてつもない危険人物に見えてしまうらしい。

それならそれで、キースはいっこうに構わなかった。非は自分にあるのではなく、相手側にある。それがはっきりしている以上はなんの問題もなかった。

キースを狩ろうとして狩り損なった学院の上級生たちがそうであったように、ロディーたちもきっと二度と自分の前には顔を出さないだろう。

だったら。ことのついでに、ルカにもこれ以上のちょっかいを出さないようにもうひと押し
凄《すご》んでやればよかったかなと、キースは本音で思う。
ズキズキと疼き渋る額の痛みは消えない。
もう一度きっちりと部屋のドアロックの確認をして、キースはだらしなく伸びたままのロディーには目もくれず、ゆったりと歩き出した。

五分……。

十分……。

約束の時間を二十分過ぎてもキースは来ない。

(どうしたんだろう)

腕時計を気にしながら、ルカは急に不安になる。

(まだ部屋にいるのかな)

連絡をつけようにも、煩《わずら》わしいのは嫌だという理由でキースの部屋には電話もない。それを不便と感じるかどうかは本人の気持ち次第だ。もっとも、ルカ自身、電話がない生活にはなんの不都合もないタイプだった。

だが。このときばかりは、待たされる苛立ちよりも不安のほうが勝った。

募る不安に胸がヒリヒリ痛み出した、そのとき。コーヒーショップの窓越しに、キースが道路を渡ってくるのが見えた。

ルカは、両手で口元を覆って深々とため息をついた。

そうして。思わず唇を噛み締める。こんなにも、キースという存在に依存してしまっている自分に気づいて。

⚜⚜⚜⚜⚜

その夜は、身体の芯から震えがくるような寒々とした星の凍《い》てつく夜だった。

キースはいきなり強く肩を揺すられて、ふっと目覚めた。

ベッド脇のスタンドの薄明かりに、一瞬ボーッと視界が翳《かす》む。半覚醒の頭では、何がどうなっているのかもわからなかった。

そこに不安と安堵《あんど》の入りまじったようなルカの顔を見つけ出したときですら、キースの意識はとろとろと揺らいだままだった。

「な…に？……」

妙に嗄《しゃが》れた声が唇の端からこぼれ落ちた。

「何、じゃないよ。大丈夫？」

心配げにまじまじとルカが顔を覗き込む。

それでも、まだ、キースは状況が摑めなかった。

「だい…じょうぶ……って？」

ルカはしんなりと眉をひそめる。

「悪い夢でも見てた？　ずいぶんうなされてたけど……」

寝汗でうっすらと濡《ぬ》れたキースの前髪をやんわりと梳《す》き上げてルカが囁く。

キースはようやく納得したように大きく息をついた。

唇はおろか、喉の奥まで渇ききっている。なのに、うなされるほどの悪夢に取り憑かれていたという覚えがなかった。

「俺……そんなに、うなされてた？」

タオルで寝汗を拭《ぬぐ》ってやりながら、ルカはくっきりと頷く。

「すごく、苦しそうだった。名前を呼んでも、肩を揺すってもなかなか目を覚まさないから、どうにかなってしまうんじゃないかって……すっごく心配しちゃったよ」

肩で胸で深くゆったりと呼吸を整えながらキースは何度も唾を飲み、ざらつく舌で唇を舐める。

（……そうなんだ？）

するとー。

「ねえ、キース。エリ……エリ、ラマ……サバク…タ、ニ…って、なんのこと？」

不安げに双眸を曇らせたまま、ルカがポツリと漏らした。

「え……？」

思わず、キースは目を瞠《みは》る。

「何度も、何度も。まるで、何かの呪文みたいに口走ってた」

「エリ、エリ、ラマ、サバクタニ……？」

「そう、それ。どういう意味？」

「神よ。……神よ。なぜ、わたしをお見捨てになるのですか？」

言わずもがなの一節である。

「……え？」

今度はルカがドキリと双眸を見開いた。

「聖書の中の有名なセリフ」

「あの……それ、聞かせてもらっていい？」

「我が神よ。我が神よ。何故《なにゆえ》に我を棄《す》てたもう。叫んでも……叫んでも、祈りは届かず沈黙のみ。日も夜も込めての祈りは顧みられず。……主よ見棄てたもうな、我が受難のときに。来たりたまえ、孤独な我に……」

さらさらと暗唱するようにキースが口にすると。

「……スゴイね、キース。どこで習ったの?」

「別にすごくない。十年間、朝から晩まで子守歌代わりに毎日聞かされ続けたら、バカでも覚える」

「十年間、毎日?」

「ハイスクールを卒業するまで、俺ずっと、そっち系の寄宿舎生活だったから」

「そう……なんだ?」

「あー」

ダニエルとはまた違ったルカの反応ぶりを横目に、キースは視線を泳がせる。

うなされてそんな聖書の一節を口走るくらいだから、きっと、ひどく悲惨《ひさん》な夢でも見ていたのだろう。

(なのに、なんで、何も覚えてないんだ?)

よりにもよって、なぜ、今——なのか?

(最近の俺って、なんか……変)

その自覚だけは大ありだった。

(誰かに呼ばれてる夢とか、誰かとセックスしてる夢とか……そんなんばっかりだし)

ストレス？

単なる欲求不満？

現実にはあり得ない夢――なのだろうが。

本当のところは何もわからない。なぜだか知らないが、そこらへんの記憶がすっぽり抜け落ちているからだ。いや……夢なのだから、それが当たり前なのかもしれないが。

奇妙と言うには過ぎるほどのわだかまりを感じて、キースは我知らず眉をひそめた。

「本当に、もう大丈夫？」

問いかけるルカの口調も、まだ気遣わしい。

「大丈夫。ごめん……心配かけて」

「だったら、いいけど……」

そう呟きながらスタンドを消したルカは、それでも落ち着かないのか、ためらいがちにそっと身体をすり寄せてきた。そうでもしてないと不安でしょうがない――とでも言いたげに。

その手を邪険に振り払うでもなく、キースは黒々とした闇の一点を見据《みす》えたまま身じろぎもしなかった。

（いったい、俺は……何をそんなにうなされていたんだろう）

思い出せないということが、こんなにも苛立たしいことだとは思いもしなかった。

胸の奥底を締めつけられるような痛みだけがツクツクと喉を灼くのだった。

心が変に騒ぐのだ。募る不安と、昂る苛立ちに煽《あお》られて……。

いつから……。いったい何が、なぜ、こうも息苦しいのか。突き詰めて考え始めると、決まって身体中の血がうねり出す。

ルカとの出会いが、すべての始まりのような気がするのはなぜだろう。

《君、どうして黒髪なの？　君には燦めくような金髪こそが似つかわしいのに……》

出会い頭のその言葉が、わけのわからないクロスワードパズルのキーワードなのだろうか。

それとも。それは、単なる始まりのきっかけにすぎないのか。

『エリ。

――エリ。

ラマ、サバクタニ……』

聖なる呪文がキースを呪縛する。

そうして、結論の出ない不安を心に残したまま時は慌ただしく流れていった。

そのとき。

「あ、あのォ……」

いきなり、頭の上で声が弾けた。

ルカは鼓動の根を鷲掴みにされたような気がして、ヒクリと顔を上げる。

その視線の先には。

「大丈夫ですか？」

心配げな少女の顔があった。

「え……？」

思わず声に出してから、気づく。自分が壁を背にしてぐったりと座り込んでいることに。

「どこか気分でも悪いんじゃ……ありませんか？」

言われて、ルカは慌てて首を振る。

「い、いえ、別に……」

「ほんとに？」

「えぇ……。あ……ありがとう」

気もそぞろにルカは立ち上がりかけて、一瞬、クラリと目眩を覚えた。その目眩ごと吐息を深く噛み締め、足を踏んばった。

そして、きょろきょろとあたりを見回し、そこが見慣れない街角だと知って今更のように絶句する。

自分でも知らないうちに別の場所にいる。しかも、その間の記憶がない。

まるで冗談としか思えないような経験は、実は今日が初めてのことではなかった。この間などは、どこで何をしていたのか……服に、自分ではない血がこびりついていたりもした。

そのたびに、ルカはジリジリと胸が灼けるような憔悴《しょうすい》感を味わう。自分の、何が、どうなってしまったのかわからずに……。

✝ 聖夜 ✝

その年の、クリスマス。

闇はいつもよりずっと深かった。

聖夜を彩るイルミネーションは華やかで美しい。街全体がお祭り騒ぎで、どこもかしこも派手に賑《にぎ》わっていた。

テーブルに並べてあるのは安いワインとチキンにパン。量だけはたっぷりあるサラダと、花《か》瓶《びん》に飾られた香りのよい花々。フラワー・ショップの店主のアシュレイからのクリスマス・プレゼントだった。

そんなささやかな食卓でも、傍らにルカの笑顔があれば久しぶりに寛《くつろ》いだ気分になれた。

キースにとって、クリスマスを誰かとこうして祝うことなど今までには考えられなかったことだからだ。

(ホント、ウソみたいだよな)

つい、頬が緩む。

「なに？　いきなり含み笑いなんかして……」

「……ん？　いや、こういうのもまんざら悪くないなぁ……とか思って」

ルカはワイングラスをぐいと呷《あお》る。

「そうだね。悪くない」

「おい。そんなに飲んで大丈夫かよ」

「わりと、ね。いけるクチみたい」

はんなりとルカが笑う。

ワインのせいなのか。それとも、いつもとは違う部屋を優しく包むように揺らめく蠟燭《ろうそく》の灯《あか》りのせいなのか。あるいは、それがルカ本来の性質なのか。

ほんのり上気したルカの肌も、微《かす》かに潤んだ瞳も、今夜は変に艶《なま》めかしい。

さすがのキースも目のやりどころに窮して。

「おまえ、ピッチ早すぎ。けっこうどころじゃなくて、底ナシ……の間違いだろ？」

つい茶化してしまう。

「んー……かもしれない」

否定しないところを見ると、自覚はあるのだろう。

ルカの飲みっぷりに半ば呆れて手を止めたキースは、ふと思い出したように声を落とした。

「なあ、ルカ。俺と初めて会ったとき、おまえ、なんて言ったか……覚えてる？」

「んー？　なんだったかな」

ゆったりと小首を傾《かし》げるしぐさまでが、今度はひどく艶めかしい。

「俺には黒髪よりも、金髪の方が似合ってるってさ」

一瞬、唖然とした顔つきでルカはまじまじとキースを見つめた。

「ほんとに？　僕、そんなこと言ったの？」

「あぁ。マジだったぞ」

「うわぁ……。僕って……僕ってサイテー」

キースが苦笑いを返すと、ルカはワインで笑いの箍《たが》が外れてしまったのか。喉をヒクつかせて笑い転げ、終《しま》いには肩を揺すってテーブルに突っ伏してしまった。

（いつもとキャラ違ってないか？　もしかして、酔っぱらうとルカっていつもこうなのか？）

『イリュージョン』では、もちろんのこと。同居を始めてからも、ルカが酔う姿など一度も見たことがない。

だから、かえって新鮮というより。艶めくルカ……とか。笑い上戸なルカ……といった、初物尽くしを実体験してしまったという驚きのほうが勝った。

（まっ、たまにはいいよな）

呆れるほどに食べ。

たっぷりと飲み。

しゃべり、笑い、聖夜が更けていく。ゆったりと、穏やかに……。

そうやって、ひとしきり笑ったあとの沈黙は身体の火照《ほて》りを誘って酔いが染みていくための余韻《よいん》なのか。キースにはその静寂がひどく心地よかった。

（あぁ……気持ちいい）

安物のワインでこれほどいい気分になれるなら拾い物だと、声にならない笑いを漏らしながらキースは手足を伸ばして深々とソファーに沈んだ。

目を閉じて耳を澄ませば、トクン、トクン……と鼓動が跳ねる。その響きにほろ酔い気分が上書きされて心地よさに溶けていく。まるで、蕩けるような微睡《まどろ》みが静かに深く指の先までゆったりと沁み入るような気がした。

そのとき。

「…………」

不意に声がした。耳をくすぐるような甘い囁きだった。

誘われるままに、うっすらと瞼《まぶた》を開くと、ルカが優しく微笑《ほほえ》んでいた。まるで、本物の天使が舞い降りてきたかのようなひどく神々しい顔つきで。

額に落ちかかる前髪を梳き上げて、ゆうるりとルカが唇を寄せてくる。

初めてのキス。

冗談でも、嘘《うそ》でもなく、本当に初めての――口付け。

いつものキースだったら。普段のルカならば。きっと、こんなことは万にひとつもありえなかっただろう。

けれど。

なぜか。

今夜に限って、キースはルカを押し退ける気にもならなかった。

うっとりとした酔いが身体中に回って、心までゆらゆらと浮き上がっているせいかもしれない。不思議にすんなりとルカのキスを受け入れてしまった。

雰囲気に流された。

否定は……できない。

まともに思考できない時点で、すでにキースはいつものキースではなかった。

やんわりと抱きしめられて、キスをする。緩く、啄《ついば》むように何度も。

時間も。揺らめく灯りも。今、そこにある何もかもがひとつに溶けてしまうかのような、ひたすら優しいだけの接吻《せっぷん》。

キースがそれに応えてわずかに唇を開くと、ルカはためらうことなく舌を絡ませてきた。

見交わす眼差しの熱さもなく、身体の芯を突き上げるような昂りもない。あるのは、ただどこまでも優しくトロリと甘い時間の雫《しずく》だけ。

その場の雰囲気に流された形で重ねる口付けの甘美さは、なぜか、うっとりとした酔い以上にキースの心を和ませるものがあった。

(酔ってるなぁ、やっぱり……)

ルカとキスをしているのに、嫌じゃない。嫌ではないと思う気持ちが苦笑になり、束の間、頭のへりを掠めていく。

キスは次第に深くなる。

(もぉ……いい……)

さすがに、これ以上はマズイ。酒のせい——そんな言い訳もできないだろう。マジで洒落《しゃれ》にならなくなってしまう。

息が上がりかけて、キースは少しだけ焦る。

キースはルカの背中を叩く。

だが、ディープなキスは止まらない。

(ルカ。……ルカッ。やめろって。冗談で済まなくなっちまうって。ルカぁッ)

キースは足掻《あが》く。藻掻《もが》く。ルカの腕の中から、なんとか逃れようと。酔いの回った身体はなかなか言うことを聞いてはくれなかったが。

焦りがあった。

気が揉めた。

苛立った。

鼓動が一気に逸り、心臓がバクバクになった。

焦《じ》れて。

抗《あらが》って。

ようやく執拗なキスから解放されたときにはもう、すっかりキースの息は上がってしまっていた。

それでも、まだルカの腕の中だ。

「なん…だよ……ルカ。冗談……キツイって」

胸を喘がせながら、キースはきつい目でルカを牽制《けんせい》する。

――と。

「ラーナヤ、パスクード、ファティマ」

ルカが言った。耳慣れない言葉で。

ギョッとして、キースは思わず息を呑む。

(……えっ?)

目の前にいるのはルカなのに、とてつもない違和感がある。

(ルカ……じゃ、ない?)

そんなバカなことがあるはずはないのに、そうとしか思えなかった。

「レ＝ジュア、ガルデ、サラエ?」

深い眼差しでキースを射抜く。

これは——誰？

ルカではないというのなら、誰だというのか。

「ムーア、ナチャリ、メ＝ランゲレ」

愛おしげに掻き口説く。

（何……言ってンのか、わかんねーよ）

聞いたこともない異国の言葉なのに、なぜか、胸の奥がざわめいて——ズキズキした。

「ア＝シエ、ゲブレ、メロワース」

ルカであってルカではない——誰か。ルカは、こんな激情を孕《はら》んだ熱い目でキースを見たりしない。

（この目……この、声質《トーン》……。どこかで……）

昂ぶる鼓動が頭の芯をキリキリ締めつける。

「エ＝レ、ミアン」

何か、今……。とてつもなく大事なことを言われたような衝撃を受けてキースは絶句した。

囁きながら、ルカの唇が首筋を撫でて喉元へ移り、その手がゆったりと太股《ふともも》を這《は》い上がるのを感じて、キースはいきなり夢心地から現実へと引き戻された。

思わず、ルカの手首を握りしめてそれを拒む。——が、思いのほか強い力で振り切られてし

まった。

マズイだろ。

ヤバイだろ。

こんなの……あり得ないだろ。

頭の芯でしきりに警戒音《アラート》が鳴る。その一方で、目の裏ではチカチカと別のシグナルが点滅する。眉間の奥が次第に熱くなる。

あれが出てくる予感がした。

（やめろ……やめろ……出てくるなッ）

ルカを傷つけたくない。

それでも、昂ぶる鼓動は止められなくて。

そのジレンマに煽られて、半ば無意識にキースはカッと目を見開いた。

だが。何も起きなかった。キースが危惧したようなことは、何も……。

「——え？　ウソ……」

思わず声が出た。

なんで？

どうして？

——わからない。

（な…に？）

困惑する。

惑乱する。

目の奥を突き刺す驚愕《きょうがく》が、一瞬、四肢の強ばりを誘う。

そんなキースの動揺につけ込むような素早さで一気にジッパーまで引き下ろされて、キースは四肢を硬直させた。

ほろ酔い気分はとうに覚めている。いや……それどころか、突然のルカの豹変にザッと血の気が引いていった。

ルカの腕の中で藻掻こうにも、思ったほどの力が入らない。それが、いっそうの不安を掻き立てた。

「ルカ…っ、よせ…ったらッ」

荒く、叩きつけるようにその言葉を吐き出す。しかし、なんのためらいもなく股間に忍び入った手でやんわり握りしめられ、キースはギョッと唇を震わせた。

「冗談、きついぜ……。お遊び……は、ここまで……だろ？」

声が掠れて引き攣るのがわかる。

情けない……などと感じる余裕すら今のキースにはなかった。

「レ＝ジュア、バラド、ナリ＝メ」

キリリと冴えた眼差しが落ちてくる。

思わず、キースはたじろぐ。その切っ先に灼けるような熱さを感じて。

「ジーラ、シェリ＝エ」

熱い。

……灼ける。

…………疼く。

（この目……知ってる、俺……）

見据えられたその目に身も心も囚われて瞬きもできないキースの額を、唇を……ゆったりと指でなぞり、ルカは再び顔を寄せると。

「メリ＝ナ、キマイレ、アト＝ビシャス」

今度は狂おしいばかりにキースの唇を貪《むさぼ》り吸った。

つい先ほどまでの心を蕩かすようなキスとは違う激しさに、キースの鼓動が狂ったように跳ね上がる。抱き込まれて、組み敷かれた四肢の重みは嫌悪と屈辱の象徴だった。なのに——舌で口腔《こうこう》をまさぐられると快感で腰が捩《よじ》れた。熾火《おきび》のような微熱がキースの下肢を灼いていく。

強引なまでの器用さで次々と服を剝《は》ぎ取られていくたび、荒い鼓動は一気に喉元まで迫《せ》り上がった。

そうして最後の一枚をも失って一瞬ビクリと身を竦めたキースは、それでも、息苦しいまでのキスに次第に引きずられていく自分を意識せずにはいられなかった。

羞恥《しゅうち》だけではない恥辱。

ルカの手で股間を嬲られると同時にそれはいっそう明確なものとなり、そうされることへの屈辱も嫌悪も思ったほどには火がつかない……という狼狽《ろうばい》が逆にキースの下半身を炙《あぶ》り灼いた。

緩く。……きつく。交互に繰り返されるリズミカルな動きが、覚えのある淫らな疼きを弾き出していく。

（は……あぁ……っ……）

キースは思わず眉間を歪めて呻いた。

あの淫夢が、今ここでよりリアルに再現されているような錯覚に爪先まで熱く痺れた。

ルカの熱い唇が反り返る喉をなぞり。鎖骨のくぼみを這い。両の乳首を舌で舐め上げ、尖りきったそれを甘噛みしてきつく吸う。それだけでぶるぶると太股が震え、背中が痛いほどしなった。いきり勃ったものは先走りの雫を垂れ流し、双珠から尻の間《あわい》へと流れ出す。

なのに、まだ一度も解放してもらえない。

息も絶え絶えにキースは身悶えする。

夢ではない、現実の悪夢。いや、悪夢と呼ぶには過ぎるほどの官能がキースの血を、肉を、灼いていく。

それを無視して、耳朶を噛む唇が、甘く蕩けるようにキースを呼ぶ。キースではない別の名

前を。まして、差し込まれた舌でねっとり耳をねぶられると、

「ひゃッ……」

背骨まで引き攣れた。

更にたっぷりと舐め上げられてビリビリに尖りきった乳首を、これみよがしに爪の先でこすり揉まれ、

「ひ…ヒッ、い〜っ」

悲鳴ともつかない喘ぎがほとばしった。

歯の根が合わずに顎がカクカク……震え出す。

(いやだッ)

何が嫌なのかもわからない。

(吸ってッ……)

どこを？　何を？　どんなふうに？

(いかせてくれよォ〜ッ)

理性もプライドもかなぐり捨ててキースは哭き叫ぶ。際限なく押し寄せてくる愉悦の波に身体の芯が……頭の芯が灼き切れそうな恐怖すら感じて。

それから何度いかされたのか、キースは覚えていない。

もう、やめてくれ——と、声が掠れるほど哀願したような気もする。

股間を這い上がる淫靡な疼きは、ルカの指で唇で執拗に責め立てられるのを待ち望んでいるかのように、最後まで途切れることはなかった。まるで最後の精液の一雫まで吸いつくされることを渇望さえしているかのように。

血が滾り上がるような強烈な快感は、キースの思考を灼き神経を貪り喰って陶酔の極みへと押し上げる。そうしては、情け容赦もなく突き落とすのだ。そこから、更に何かを引きずり出そうとでもするかのように……。

それは淫夢の中でのおぼろげな感触の細部まで鮮やかに呼び覚まし、次第にきっちりとした感覚へと縒《よ》り上げていくような意図すら感じさせた。

大きく剝き出しにされた最奥のそこを指で舌で丹念にほぐされる頃には、キースの心も身体もズクズクのグダグダになっていた。深々と呑まされた指が一本から二本に増え、粘膜を擦り内臓をこね回され、更に三本に束ねてグリグリと捻《ねじ》り込まれる。きつくて、痛くて、吐き気が込み上げてくる。なのに――ツクリと疼いたそこから、快感が芽吹いていく。

舌先で肉襞《にくひだ》の一筋一筋を嬲られる頃には、わずかにこびりついていたプライドすらもが灼け爛れてしまうのだった。

（あ、あぁ……堕ち、て…しまう……）

脳裏を掠めて、意識がすっと沈みかける。

と……そのとき。

突然、けだるい痺れが粉々に砕かれるような亀裂がキースをふたつに引き裂いた。

両の膝《ひざ》が胸につくほど深く折り曲げられたそこから、激痛が無数に弾けて指先にまで走る。

ルカがきつく蠢くたび、キースの唇から掠れた絶叫がほとばしった。

灼けつく楔《くさび》が肉を裂いて打ち込まれ、熱い昂りが一気に押し入ってくる。

それが、鮮血のぬめりとともにキースの中でひとつに溶け合った瞬間、もはやヒリついて声にもならないものがキースの背骨を貫いて走った。

『エリ！　エリ！　ラマ、サバクタニッ！』

絶叫が灼熱の閃光《せんこう》となり、身体の芯から頭の芯を裂いてキースを締めつけた。

亀裂が更に別の亀裂を生み、張り詰めた殻を破るようにピシッと音を立てて過去が弾けていく。

それが連鎖的に魂魄を揺さぶり、抉り、埋もれた記憶の欠片《かけら》もろとも一斉に舞い上がったとき、すさまじいばかりの清光がキースを突き上げた。

その衝撃をまともに喰らって跳ね上がった意識の底で、キースは不意にあの呪文の痛みを思い出した。

《神よ！　神よ！　なにゆえに、わたくしをお見捨てになるのですかッ！》

上もなく。

下もなく。

浮いているのか……。

――漂っているのか。

そんなことすらもわからない真の闇の中で、精も根も尽き果てたかのように意識が微睡んでいく。その傍《かたわ》らで、ひたすら静かに無言の時間が滑り落ちていく。

懐かしくも淡い日々。そのひとつひとつが、浮かんでは掻き消えていく。

ゆうるりと淀みなく、キースは時を遡《さかのぼ》る。

そして。

『暗闇の封印』から解き放たれた記憶をひとつ残らず吸い寄せながら最後の扉を押し開いたとき、キースは本来そうあるべき己の姿をそこに見出した。

孤高の堕天使、ルシファーの姿を……。

あとがき

こんにちは。

吉原《よしはら》的クラッシック・ワールドにようこそ（笑）…ということで。前作『影の館』に引き続き『暗闇の封印上巻・邂逅《かいこう》の章』のリニューアル版が出ました。

今回は転生現代編で、登場人物もあれこれ増えました。前作では加筆修正して更にパワーアップした天上界の超絶俺サマ系美形キャラを書いていて楽しかったのですが、現代編ではかなり屈折しまくっている方々をより深く掘り下げることができてよかったです。天上界との絡みも一段とスリリングになってきましたし。ミカエルの人外鬼畜ぶりがますます加速しただけのような気もしますが、そこはそれ、ルシファーへの激愛ゆえなのよねぇ(若干遠い目)。愛に勝る狂気はないのです。

前回同様、リニューアルする前にドラマCD『暗闇の封印・上下巻』を聴きまくったせいでしょうか？　いやぁ、やっぱり声力ってスゴイですよね。今更ですが、妄想菌の繁殖力ってハンパねーなと実感いたしました、ハハハ。

次回『暗闇の封印下巻・黎明《れいめい》の章』も連続刊行の予定です。ミカエル&ルシファー＋《プラス》キース&ルカの行く末をどうぞお楽しみに♡

さて、話は変わりまして。もろもろの事情で長らく休止状態だった『二重螺旋』本編のドラマCDがようやく復活することになりました［パチパチ］。いよいよ、零《れい》&瑛《あき》兄弟、そして影の総裁であるところの高倉《たかくら》が登場いたします。ニューフェイスが一気に三人も。ここから物語も次のステップに突入ということで、今からアフレコがとっても楽しみです。

えーと。それから、もうひとつCMを。他社さんで申し訳ありませんが、リブレ出版さんから単行本『幻視行』が出ました。小説と漫画のコラボレーションです。テーマは異種婚です。まだまだ先は長いですけど（笑）。よろしかったら、ぜひ。

末筆になってしまいましたが、笠井《かさい》あゆみ様、今回も美麗なイラストをありがとうございました［深々］。今回、初登場のカシエル様のラフ画に担当さんともども心臓を打ち抜かれてしまいました（笑）。

それでは、また。

平成二十八年　四月

吉原理恵子《りえこ》

この本を読んでのご意見、ご感想を編集部までお寄せください。

《あて先》〒105－8055　東京都港区芝大門2－2－1　徳間書店　キャラ編集部気付
「暗闇の封印－邂逅の章－」係

2016年5月31日　初刷

著者　吉原理恵子
発行者　川田　修
発行所　株式会社徳間書店
〒105-8055　東京都港区芝大門2-2-1
電話　048-451-5960（販売部）
03-5403-4348（編集部）
振替　00140-0-44392

■初出一覧
暗闇の封印―邂逅の章―……角川書店刊（1995年）
※本書は、角川書店刊行のルビー文庫を底本としました。

Chara

暗闇の封印―邂逅の章―……【キャラ文庫】

印刷・製本　図書印刷株式会社
カバー・口絵　近代美術株式会社
デザイン　百足屋ユウコ＋カナイアヤコ（ムシカゴグラフィクス）

ISBN978-4-19-900838-2

吉原理恵子の本

好評発売中

【二重螺旋】

シリーズ1～10
以下続刊

イラスト✦円陣闇丸

父の不倫から始まった家庭崩壊——中学生の尚人《なおと》はある日、母に抱かれる兄・雅《まさ》紀《き》の情事を立ち聞きしてしまう。「ナオはいい子だから、誰にも言わないよな？」憧れていた自慢の兄に耳元で甘く囁《ささや》かれ、尚人は兄の背徳の共犯者に…。そして母の死後、奪われたものを取り返すように、雅紀が尚人を求めた時。尚人は禁忌《タブー》を誘う兄の腕を拒めずに…!?　衝撃のインモラル・ラブ!!